NAW MUCH of a TALKER

NAW MUCH of a TALKER

Pedro Lenz

translated by Donal McLaughlin

FREIGHT BOOKS

First published in the UK, September 2013

Freight Books
49-53 Virginia Street
Glasgow, G1 1TS
www.freightbooks.co.uk

A CIP catalogue reference for this book is available from the British Library

ISBN 978-1-908754-22-6
eISBN 978-1-908754-23-3

Typeset by Freight in Garamond
Printed and bound by Bell and Bain, Glasgow

swiss arts council
We acknowledge the support of prohelvetia
in funding this translation

Pedro Lenz was born in 1965 in Langenthal and now lives in Olten, Switzerland. He studied Spanish literature at the University of Bern and has worked as a freelance writer for various newspapers and magazines since 2001. Lenz is very active on the spoken word scene, is one half of the performance duo Hohe Stirnen and a member of the spoken-word artists group Bern ist überall. He has won numerous awards and poetry slams, was nominated for the Swiss Book Prize and won the Berne Literature Prize in 2010 for this first novel, originally published as *Der Goalie bin ig*, which is also to be made into a film.

Donal McLaughlin specialises in translating contemporary Swiss fiction. He has translated over 100 writers for the New Swiss Writing anthologies and is the English voice of Urs Widmer. An author in his own right, Donal frequently also interprets for visiting writers at readings and festivals. He features in *Best European Fiction 2012* (Dalkey Archive Press) as both a writer and a translator. In 2013, he was shortlisted for the Best Translated Book Award in the United States for his translation of Urs Widmer's *My Father's Book* (Seagull).

For a Dear Green Place

Pedro Lenz

1

It aw started long afore that. Ah kid jist as well make oot but: it aw started that wan evenin, a few days eftir they let me ootae the Joke.

Boot ten in the evenin, it wis. Hawf past, mibbe. An' see the wind? The wind widda cut right through ye, fuckin freezin it wis. Fog Valley. It November an' aw. Ma heart wis like a soakin-wet flair-cloth, it wis that heavy.

So ah takes masel intae Cobbles, fancied a wee coffee ah did, wi a guid shot ae schnapps in it.

The dosh they gi'e ye when ye leave the nick ahd awready blown awready, naw that ah kidda tellt ye whit oan.

So there ah wis: fuck aw dosh, desperate furra coffee but, wi schnapps in it, furra bit o company an' aw, a cunt or two tae talk tae.

Ahm tellin ye, arent ah? Ma pockets wur empty, part fae a few fags, a few coins. Things wur a bit tight like. Tighter than tight, tae be honest. Waitin on money some cunt owed me, ah wis. Try sayin that but when yir fresh ootae the nick. *Ahm owed a whack o money, jist dont hiv it yet.*

Impresses nae cunt, that.

So ah goes intae Cobbles, like ah say, an' order a coffee wi schnapps.

Regula asks hiv ah the money fur it?

Naw a bad question, ah admit.

Dae me a favour, Regi, ah gi'e it, spare me the patter, bring me o'er the coffee jist an' we'll take it fae there.

Total patter-merchant ur whit, she goes – an' goes an' fetches it.

She's like that, when she comes back: Ah didnae pit it through, an' she looks at me thon wey – ah dunno whit wey, masel. Diffrint, anyhoo, diffrint fae usual, wi a bit mair longin in her eyes, or summit. Ahv nae idea whit like it is fur ither guys, see me but? That kinda thing warms ma heart – toasts ma insides, it dis – a woman like Regi lookin at me like that.

Thanks, Regi, love. Ye'll get yir reward in heaven. The money an' aw some time.

Gi'e her peace wi that kinda patter, she gi'es it next, an' ahm naw tae start gettin used tae it eether, cos if Pesche finds oot she didnae pit it through, aw hell'll break loose so it will. Ah know masel whit like he can be.

She's brilliant, Regula, ye hiv tae hand it tae her, she looks oot fur us, jist takes it intae her heid naw tae pit summit through, nae cunt'll know, an' anyhoo: Pesche, the gaffer'll be the last wan tae notice. Goalie here, meanwhile, his his coffee an' that's aw that matters.

Ahd known furra long time she his a big heart, Regula. That evenin there but, ah started tae like her a loatae other ways too.

It's strange, that. Dead strange. Yiv known a woman fur years an' naw thought nuthin of it, an' suddenly, christ, suddenly she's got summit. She *his*: she's suddenly got summit that's got unner yir skin, suddenly ye like her like.

Explain that yin tae me! That particular evenin, ahd a loatae questions tae answer, tae be honest. Suddenly but, wan single question, jist, intristit me – an' that wis: wis there any chance at aw, in this here lifetime, that me an' Regula kid become an item mibbe?

Regula, love, ah gave it, kin ah ask ye a wee favour? Kid ye slip me a fifty tae Monday? Whit it is is: ahm owed a load ae money, jist hivnae actually got it actually yet. A wee cash-flow problem. Ye ken hoo it is –

She looks at me like that. Then goes like that: so ah hidnae changed at aw in the Joke, eh? Ye widnae think, tae listen tae me, ahd done nearly a year in there, ah hidnae changed a bit, still full o the same auld shite ah wis.

Dont get yirsel worked up, Regi. Ye dont know whit yir on aboot. Ye know fuck aw aboot me, fuck aw aboot the Joke an' aw. An' it's better that wey, believe me. Ye should coont yir blessins. As fur the dosh: ahm naw beggin, certainly naw goney beg fae you, it's up tae you, eether yiv a fifty or ye hivnae an' we kin talk aboot summit else. That's aw there is tae it.

She gave me the fifty: folded it an' pit in ma breast pocket, wi'oot a word. Ah took her haun, gi'ed the inside ae her arm a wee kiss an' gave it: see if ye didnae hiv tae go tae work, ahd take ye straight hame so ah wid an' blow ye away. Ah swear, Regi, ahd make ye a happy woman.

She wis like that tae me: ah wis a daft bastard, really wis, an' she gave a wee laugh an' ah gave a wee laugh an' aw. It wis guid tae laugh again, it really wis. Ah hidnae hid much tae laugh aboot recently, ah really hidnae.

When there wis fuck-aw schnapps left in the coffee, ah went o'er tae the Spanish Club tae see wis there any grub left. An' sure enough: there wis some, even if it wis late.

Paco rustled up a bit ae fish. Re-heatit the rice fur me. Jist the joab it wis.

He wantit tae know where ahd been keepin masel. He hidnae seen me aroon fur ages.

Alcatraz, ah went, haudin ma fingers up tae ma face tae look like jail bars.

He shook his big heavy heid jist, winced a bit wi his mooth. They're guid at that in the Spanish Club: they know when tae ask ye things an' when it's better naw tae.

Hey, Paco, tell me, hiv ye seen Uli or Marta in here at aw? Naw? Hiv they naw dropped in, naw? Naw, it disnae matter. Yir rice is guid, by the way, really guid. Ahv said it afore an' ah'll say it again: yis ur really guid cooks in here.

He's like that: Gracias, Quiper. *Quiper*'s the same as the English word, obviously, anither word fur *Goalie*, it's whit they say in Spain but. He's like that: thanks, he'll pass it on tae the chef an' he tops ma glass up, that big steady haun ae his that minds me o ma faither dis the pourin. He wisni aye the easiest o men, ma auld man, he'd a steady haun like that sometimes but. So ahv a rid wine in front ae me, a guid yin, a Navarra. If ahd any choice in the matter, it wid be brown sugar, hawf a spoonful, insteid. At the same time ah knew but: it hid tae stop, ah hid tae draw a fuckin line unner it, wance an' fur fuckin aw, poison it wis, fur the riff-raff. Logical, intit: ye cannae spend yir hale life chasin that kinda kick, yir hale life waitin fur thon splash in yir brain. An' a warmth tae coorse through yir veins like a hot summer's breeze – in the middle ae fuckin winter but.

So ye hivnae seen Uli? Lookin fur him ah am. Need tae ask him summit, summit important.

Naw, Paco goes, naw, he hisnae seen him fur ages, o'er a week at least. Poor bastard. Guy's in trouble, nae doot.

Sorry, but Uli's jist a tube but. Ah didnae say that tae

Paco, o course. Ah keep it tae masel jist. It's naw summit ah need tae tell any cunt else. Naw even Uli. Gets on yir tits but, ye can nivver make a proper arrangement wi the cunt. Ivver.

Okay, it has tae be said: he got me this flat. The roof o'er ma heid is thanks tae him. Tae his auld man's connections.

But sorry but: the place disnae belong tae the cunt. Ah pay rent. Ah mean: thanks, Uli, thanks very much, thanks a lot, mate, a thoosan fuckin thank-yous, but it's got fuck aw tae dae wi the deal us two made, you & I. If ye tell a mate ye'll hiv the dosh ye owe him by such an' such a date, ye make fuckin sure yiv fuckin got it by that date, or ye get in fuckin touch, ye give him a wee phone, ye drop him a fuckin line, send him a fuckin message – naw, ah widnae know how tae word it eether, ye say summit but, ye dont fuckin vanish aff the planet.

Ah looked at the clock, up oan the wall beside the faded Real Madrid penant, same beam the flourescent tubes ur on. Hawf eleven awready. Wan last Veterano, then get tae fuck hame, ah thought. Shitin weather. Gimme a schnapps, Paco, an' pour it nice eh, fuckin freeze ye it wid ootside again.

Strange, there wisni mair in oan a Friday. A few young yins playin table fitba, a few auld yins hivin a natter an' that wis it. An' me waitin. Fur summit.

Mon, mate, dae summit, ye need tae fuckin dae summit, ah tellt masel. Ah ordered anither brandy. Guid joab ahd Regi's fifty. Yir a diffrint person so ye ur wi cash in yir wallet. If ah dont find Uli soon but, Regula's goney hiv tae wait tae get paid back.

Thinkin o Regula hid me greetin aw ae a sudden. Dont know how masel, fuckin embarrassin it wis but: sittin on yir ain at a table an' the tears trippin ye.

Closin time, Goalie!

Paco's missus. If need be, she caws the shots roon here. Ensures the rules ur kept. Paco's too fuckin saft. He cannae throw folk oot, cannae bring himsel tae dae it. She kin but.

Ah rubbed ma eyes, pretended they wur irritatin me, paid an' left tae go hame. Ah didnae take the maist direct route but. Naw, ah wantit tae drop by Cobbles, see if Regula wis finishin her work an' aw mibbe. So ah smoke a fag in the courtyaird, keep an eye on the back door, thinkin that's the door she'd go ootae. Lights wur still oan in the pub. Wid be nice tae see her, even fur a wee minute jist, ah thought. Ah waited in the dork, unner the porch. Ye widnae hiv seen me fae the street an' naw fae the carpark eether, thank fuck. Buddy wis waitin oan her an' aw, ye see. Buddy wis sittin in his motor. Buddy wis her bloke – it wis official. Buddy wis pickin Regula up fae her work cos it wis his responsibility, cos that's whit ye dae if yiv a burd who serves behind a bar an' ye want tae be sure she gets hame safe. Specially if she works at a place like Cobbles, frequented by dangerous cunts like me. By worse cunts than me an' aw.

Congratu-fuckin-lations, Buddy, yiv it aw under control so ye hiv: ye check yir motor, check yir burd, check yir hair, Buddy, ye check yir blood pressure, you're the boss, Buddy, hunner percent, the champ, Buddy, she's yours, yiv it aw in the palm ae yir hand, ye hiv her in the palm ae yir hand, well done, aye – well done, well done, Buddy, ya fuckin wimp, an' ah spat on the fuckin grun.

Ahd nowt, at that there moment. *Nada.* Nae claim oan the lassie. Nae money. Naw a hope. Nowt. Ah jist wantit tae stroll past as she wis leavin her work, like it wis a coincidence like, an' gi'e it: Look who it is, Regula! You oan yir way hame an' aw? Where ye headin, Regi? Mon, ah'll take ye. Naw, it's naw oota ma way, naw, really, it's nae bother, ah wantit tae go that wey anyhoo.

As we walked, ahd then hiv done ma "mysteriously silent" act. Usually works, that yin. Specially if she's been behind a bar aw day. Ye dont go nippin her brain at hawf one in the mornin. Naw, ye need tae be able tae shut the fuck up, tae listen if she's tellin ye summit, an' even if she's naw. An' then, later, ootside her door, a wee hug an' a kiss on each cheek, naw: the *three* kisses we dae, an' ye make the last last that wee bit longer, that wee bit longer than usual. Then ye get tae fuck. Ye dont forget tae turn back but an' g'ie her a wee wave.

That's hoo ahd hiv played it. An' she'd be thinkin: he's an awright guy, Goalie. Jist been in the jail furra year an' hisnae any money, he's got class but. Why'd he hesitate like that at the last kiss? Ahm sure ahm right: he hesitated, sorta. As if he wantit it tae last longer. Or ahm ah wrang?

That's the kinda partin thoughts women like Regula like. The note tae leave them oan. Tae keep them happy.

It wis jist me thinkin them but. An' up aheid in the shadows wis Buddy in his tarted-up Toyota fuckin Celica, the sound system turned right up, nae doot, the heatin an' aw, probably. An' here's me, on ma fuckin tod, freezin ma arse aff oan a drafty corner, useless cunt that ah am. Ahv nae music eether.

Hey, Goalie, whit's up? Whit ye daein, still here? Ye tryin tae catch yir fuckin death or whit? ah said tae masel, then took aff hame. On ma tod, as usual.

2

Regula isnae the only wan who knows. Ah wis up in the Joke furra while – Dinner, B&B – an' yeah, fur drugs it wis. Naw as if ah wis the first, is it. It's naw a big deal. Temporary setback, that's aw. It didnae work oot. That's aw. Nae fuckin excuses. Ah fucked up. A few folk knew too much an' some ae they cunts talked too much. Got fucked over, ah did, ended up oan the inside. Ah done ma time. Took the blame. Aw ae it. Ah didnae name any names an' – if ye think aboot it – that's actually sayin summit. It's by wi noo. Aw over. Sorry. There's nowt else ah want tae say aboot it. Naw yet, at least. The wan thing ahd add is: as usual, ah done ivrythin masel. By that, ah mean: ah aye went fur whit ah needed masel, an' it wisnae aroon here eether. Ah wis nivver involved in anythin big. Wantit fuck aw tae dae wi the dealers here in the Fog, where ivry cunt knows ivry ither cunt, an' nae cunt's ivver pleased fur ye unless ye catch the fuckin flu or a nasty rash or summit. Ah always done things masel jist, cept fur this wance, the time ah also fuckin copped it.

Ahm tryin tae get back oan ma feet noo, tae settle doon. Lookin furra job, ah am, summit steady. I've got masel a roof o'er ma heid awready, well, ah didnae, Uli did, or tae be mair exact: his auld man did. It's naw bad, two rooms, central heatin, an' it his a bath – really guid, actually. An' noo, ah definitely need a joab so ah dae. Or things'll go the wey they shouldnae again.

Course, ah kid jist go oot an' arrange summit, if ah took it intae ma heid, tell a few fuckin sob stories, soft-talk this yin or that yin, make a few calls, check oot a few things, keep ma eyes an' ears open, nane ae that wid be a problem. Ahm the "communicative type", that wey at least. An ahv the economy sussed, mair or less. Above aw: ah know ivry cunt, an' ah mean: *ivry cunt*, inside an' ootside the Fog. The problem's jist: ah *know* aw that awready. An' that's naw whit ah want any mair, ah want an ordinary joab, dosh goin intae ma accoont at the end ae the month, an' an end-o-year bonus, or thirteenth salary payment, an' ta-very-much, Goalie, over an' oot.

An' Regula. Ah want her noo an' aw. Sometimes, lately, when ahm hingin aroon the hoose, ah think ae her, an' whit ahd say tae her, an' whit ah widnae above aw. An' then ah imagine whit she wid say, whit she'd dae, whit she'd think, an' in ivry case it wid be spot oan, ah reckon. Strange as fuck, it is. Wiv known each ither fur ages an' ages awready. Yet it's only since ah got ootae jail, ahv been thinkin ae her. Or tae be mair exact: since thon night she lent me the fifty. Strange as fuck, intit. Explain that yin.

Ahm ponderin this subject again early wan eftirnoon when aw ae a sudden, some cunt's hammerin the door despite the fact there's a perfectly-functionin fuckin doorbell. Goalie! Ye in? Open up, it's me – Uli!

Come in, ya tube, it's open. Shut the door behind ye, yir lettin the fuckin cauld in. An' there wis me thinkin ah wis nivver goney set eyes on ye again. Fancy a wee beer, mate, or will ah make ye a coffee?

He's naw lookin his best, Uli. Sorry tae hiv tae say so, he looks ill but, mair like, ill-as-fuck, tae be precise. Whit's up wi ye, Uli? Arse droppin oota ye or whit? Hiv ye the jaundice?

Shut yir gob, he goes.

So ye hiv got it!

Naw, it's jist a wee cold jist.

That's nivver a fuckin cold! Ye dont believe that yirsel even. First, yir naewhere tae be fuckin found. Then ye turn up lookin like this. Ye want tae see yirsel. Look in the fuckin mirror. Ye look like a chunk o cheese. Auld fuckin cheese at that. Ah dont want ye hingin aroon here if yiv got the jaundice. Cos that's whit ye'd caw less than ideal. Ye shid go an' see a doctor. Ah know wan. A decent yin. Ye need tae dae summit, mate. Caw him fae here if ye want. Dr Wydenmeyer can mibbe even take ye theday, if need be, he's a guid doctor, a guid guy an' aw, he disnae fuckin moralise like maist o the rest o them. Ah'll caw him fur ye, if ye want.

Uli's like that but: naw, ahm naw tae get over-excited, there's nowt wrang wi him, he's fit an' well, jist wantit tae drop by an' say hello. He his an envelope fur me an' he's sorry it took so long, a bit longer than expected. An' he's glad, he goes on, we can noo finally draw a line unner it.

Hing on, ahm the wan that draws the line, Uli. Ahm the wan that drew the line. If ye dae hiv the dosh noo, sae much the better, jist remember but: wis me drew the line.

Okay, look, ahm puttin the money in wi yir bananas so ye know where it is. Dont want ye comin greetin later, sayin ye cannae find it. Ah want ye tae coont it an' aw, Goalie. Go on – check it.

It's awright, ah'll coont it later.

It's a fair amount ae money, Goalie, an' it's aw yours. It really is a loat.

A year, nearly, in the Joke's a loat an' aw, Uli.

Then, a while later, he's suddenly askin hiv ah naw any junk. A wee bit even. Hawf a sachet, even jist. Left-overs fae some ither time, mibbe. Ah kin feel cold turkey comin on. Gradually's naw the word fur it. Aw ae a sudden, mair like.

Uli, hoo often hiv ah tae tell ye? Believe me wance an' fur aw, will ye? Ahv given it up. Stopped. Turn ma flat upside doon if ye want, ye'll naw find nuthin but. This place is cleaner than a wean's fuckin bedroom. Tellin ye: they days ur gone noo. Ahm done wi aw that. Defin-fuckin-ately. Ah done a year in jail, Uli, an' that's e-fuckin-nough. It's a new me noo, whit happened afore is by wi. Over an' done wi. Ahm lookin furra job an' puttin some money aside. Then ah'll go on holiday, mibbe. The Mediterranean or summit. An' that's it. Oot in the mornin like ivry ither cunt, a jar or two in the evenin mibbe, a walk roon the village, then beddybies is whit it is fur me, ah'll slide intae bed, nae stress, nae hassle, nae hivin tae talk tae nae cunt afore ah go tae sleep, nowt. An' ah'll nivver wait ivver again oan the kinda lyin bastard ah used tae be masel. An' if ivver ah spot the drug squad oot in the street, ah'll be able tae look the officer in question in the eye, be aw-friendly, say hello an' if the cunt looks back, ah can think tae masel, aye, jist look, ya hunchbacked ratcatcher, go on – look at me jist, ya fuckin milkboy, cos ahm cleaner than clean noo so ah am, cleaner than you an' aw the fuckin rest o them pit together.

An' Uli's like that: brand new, Goalie, well done you, nice wee wife, child seat in the motor, wee terraced hoose in the suburbs, member ae the health club an' aw – ah probably cannae take it aw in masel, Uli reckons. Who dae ye think ye ur anyhoo? is next. Think yir a new man, like Paul on the way tae Damascus or summit. Get real, mate. An' anyhoo: who's aye first aff the mark when some cunt whips their needles oot?

He comes oot wi that ivry noo an' then, Uli, aw that Paul-on-the-way-tae-Damascus stuff. Cunt knows his Bible. He used tae dae Greek an' Latin. Wantit tae study Theology or mibbe he did, even. So he brings up Paul oan his way tae Damascus again. Aw that clap-trap. He breaks oot in a sweat meanwhile, a sickly fuckin sweat, aw over his face.

C'mon, say it, tell me, Goalie, jist tell me! Who dae ye think ye ur? An' who dae ye think ye fuckin could be?

Ah think fuck-aw, Uli. Ah need tae gi'e up the drugs jist. Ahv got plans an' that. Fur the time ahv got left –

Fucksake, yir soundin like ma auld man, Goalie. Howzaboot ye shut the fuck up an' gi'e me summit jist?

Ah gi'ed him Resyl Plus. A small bottle ah hid. An' a pair ae scissors tae help him get rid ae the drop counter. Wance he got it open, he knocked back the hale bottle in a oner. Ah gi'ed him a spoonful o honey tae get rid ae the taste an' gave it: Ah think fuck-aw, Uli, honestly. Where ahm staunin, ivrythin's good. You dae whit ye want but. All ae yis dae whit yis want. Ahm speakin fur masel jist. Got it? Ahm naw fuckin speakin fur the Sally Army, or whitivver. Ahm jist speakin fur masel jist.

Ahm *oot* – an' it took me long enough, ah kin tell ye. Ah dont want tae go oan an' oan aboot it eether – cos that's the ither thing that really gets oan ma tits aboot drugs: the folk oan them nivver fuckin shut up aboot them. So caw the fuckin doctor, wid ye. Ye look like a total zombie. Ye'll be gettin the heebie-jeebies next.

Hey, how ye naw pittin any music oan, Goalie?

Hiv tae admit: he's really fuckin guid at that, Uli, aye wis, changin the subject afore it ends up in a fight. He's aye daein that. So ah pit the Stones oan an' go an' get a couple ae cans.

Where ur ye lookin, mate? Furra joab, ah mean. Dis it hiv tae be summit in particular? Or kin it be temporary?

Ahm like that: it's almost as if ah dont care. Mibbe naw oan a buildin site, wi it bein the middle ae winter the noo like. Other than that, ah dont mind.

He's like that: he kid ask his auld man fur me.

Ah dont know if ah want ye tae. He got me the flat. Any mair ae this an' yir faither'll be runnin ma hale fuckin life.

Uli tells me tae shut the fuck up but. His auld man knows folk furra reason. It's naw as if ah owe him anythin. It's piss-easy fur him. He's got contacts. Enjoys brokerin stuff, ah know whit like he is. He likes tae help. Ahv tae think aboot it.

Ahm like that: Okay, Uli, okay. Okay, if ah get a minute, ah'll think aboot it. An' if ah need anythin, ah'll gi'e ye a buzz.

Ah opened the windae tae let some air in an' asked whit else he'd oan. Hid he the motor wi him? We kid take a run o'er tae Melchnau, see if Edith wis in, play dice furra bit, or summit. She'd be pleased tae see us.

He's like that: naw, mate, he needed tae be goin, needed tae make sure he got some stuff.

That's exactly whit ah mean. Whit ahv been sayin the hale time. Ye cannae dae anythin fuckin normal when yir oan them. Cannae jist say: of course, let's go here, or there, take a bite tae eat wi us, a wee bottle ae rid an' make an evenin of it, cook summit nice an' chat a bit, boot the auld days or whitivver, an' jist be guid tae oorsels. Ye can nivver jist think: cool, it's fun bein thegither, watchin a film, or playin dice, or pickin up the guitar an' singin a Bob Dylan or Hannes Wader song, or summit else that makes ye feel that nice sad way. Naw, ye can dae nane ae that cos ye hiv tae chase yir fuckin flash. It's true. Admit it.

Trip tae Melchnau didnae happen anyhoo.

Ah wis sorry ah spoke. An' Uli took himsel off.

Say hi tae Marta an' get tae the fuckin doctor, ah cawed eftir him. He didnae hear me but. Wis awready on the ither side ae the railway crossin.

Ah tidied the kitchen an' checked the envelope. Five thoosan. The hale loat at wance. Looked guid, it did, aw in hunners, wey it shid be. Thanks, Uli, ah thought an' went doon intae the village tae buy summit tae eat, cleanin stuff fur the toilet an' a few bottles ae wine, good stuff, tae be oan the safe side.

An' naw, ah dont want the money-off coupons. An' you hiv a nice evenin an' aw. An' thank you an' aw, Frau Zürcher. Thank you, ah'll pass it oan. Course ah'll mind tae. An' thank you very much. Bye noo. Thanks a lot.

3

FollowinWednesday, ah get an early mornin phone call fae some insurance company cunt. Wakes me at nine. Fuckin great. Contents an' third-party liability or summit, widnae mind droppin by, tae gi'e me a quote, nae strings attached.

Did ah ivver fuckin ask furra quote? Hi, hello, the some-cunt said, I understand you require a quote? Ahv nae memory ae it, sorry. Ah think ahd know but. Ah know who ahv requested whit fae. An' whit's mair: it wisnae his fault exactly, but ah wisnae feelin very well right at this minute.

He apologised an' hung up. Guid. Okay. Naw that it matters. Ah apologise an' aw. Nae idea why ah reacted so aggressively.

Truth ae the matter wis ah kid hiv gone tae Cobbles right noo, furra read ae the paper an' tae see wis Regula workin. Ah didnae go. An' ahm naw goney eether. There's nae point. Regula's thegither wi Buddy an' Buddy's thegither wi her an' the two o them ur gettin oan great, presumably, an' there's nae part fur me in this soppy fuckin film they're in. Ah'll make masel look ridiculous jist if ah try tae get aff wi her, her practically merrit an' aw.

Mibbe but, ah kid jist gi'e it a go. Mibbe she's been sick tae the back teeth ae this Buddy guy fur ages awready, him an' his souped-up Toyota fuckin Celica, his rotten taste in music an' that stupit fuckin face ae his. If that *wis* the case, it disnae mean ah shid be the wan tae draw it tae her attention but. Naw. If she's goney tell Buddy tae get tae fuck, it his tae be her idea. That wid be the best wey. Fur me, anyhoo.

Ah walked the full length ae ma pad, up an' doon, up an' doon, fur hawf a fuckin eternity. The nerves, fuckit, ma nerves. Ah jist got even mair nervous in jail. Ma nerves ur ma weak point. Bein nervous is the pits. Ye can smoke as much as ye fuckin want, if yir nerves ur really gettin tae ye but, nae cigarette an' nae joint oan this earth is goney help ye.

Whit time is it? Eftir hawf nine. Fucksake. Ah need tae find a joab once an' fur aw. Need tae look at the Advertiser, check oot the joab adverts. Where'd ah pit it? They've the Advertiser at Cobbles an' aw. They dae coffee at Cobbles. Ahd feel better at Cobbles.

Check this oot, Regula, me headin fur Cobbles, ten minutes ah need – door-tae-door – fae ma place tae Cobbles, anither two jist noo. Listen, Regula, it's got nowt tae dae wi you, it really hisnae. Naw, it's jist the Advertiser ah want. Look at me. Ahm Goalie, the guy makin a new start. When ye see me comin intae Cobbles, aw ye need tae think is: aha, he's lookin furra joab an' comin in here tae read the Advertiser. It's naw the before-Goalie. Naw, it's the eftir-yin. He's changed. He's Paul oan the way tae Damascus. He's fell aff his hoarse an' his eyes hiv opened. It's naw cause ae me he's in. It's naw some dodgy deal that's brought him. He disnae want tae borrow money. It's jist a coffee he wants an' the Advertiser, a decent joab a-s-a-p an' that's it: nowt else like.

Mornin, ivrywan.

Mornin, Goalie.

That's Paule, the postie. He sits there ivry day fur nearly an hour oan his break. The ithers dont say hello tae the cunt unless they hiv tae. Eh, excuse me, guys, when is it ye hiv tae? When, if naw when some cunt comes in an' says hi tae ivrywan? Fuckin: miserable old fogeys – aw ye get in this dump. Fuckit. Ah lift an Advertiser. Pesche's the only wan servin. Pesche's the boss. He owns Cobbles. A coffee wi cream but nae cream but, please, Pesche, an' an almond croissant. Is Regula naw workin theday?

Naw until the eftirnoon, how?

Ahm ah naw allowed tae ask or whit, Pesche?

Ah didnae say anythin, did ah? Ah jist said she isnae in till the eftirnoon.

Aye, but kid ye naw mibbe say it mair normally like. Friendly, like.

Whit's up wi ye, Goalie? Wis the wey ah said it naw normal enough or whit? Ur ye noo comin intae ma pub tae tell me how tae speak, how tae tell folk who's here an' who isnae? If ah wur you, ahd cool it a bit, Goalie. Specially wi your record.

Sorry, mate. Yir right. Got oota the wrang side ae the bed this mornin. Sorry. Ahm sorry, ah am. Kin ye gi'e me change fur the cigarette machine?

It's aye a bit touch-and-go wi Pesche. He's often in a bad mood, he is. If you turn up in a bad mood but, he can be fuckin venomous. Right fae the aff. Disnae take much. An' that's the last fuckin thing ah need: a fight in Cobbles. So ah gi'e it: thanks, Pesche, thanks, can ah pay right away, it's fine like that, naw ah mean it, keep the change, thanks, mate, an' ahm sorry, okay?

There ye go. A coffee wi cream wi'oot any cream. We're ootae croissants but. Enjoy.

Aw right, they're ootae croissants, right, right. Folk must be fuckin ravenous in this dump.

Ah am: ahm an idiot. Ah shouldnae hiv come here. There's nowt in the Advertiser eether. Nuthin suitable anyhoo. Mibbe ah should fuck off, back tae ma auld joab. Or fuck off awthegither, exactly, mibbe ah should jist fuck off some place else, some place where nae cunt knows me.

That right, Goalie? It true ye wur in the Joke? (It's Paule again, the postie.)

How long hiv ye been oan yir break awready, Paule? Ye shid pay up an' go. Itherwise it'll be you that's daein time fur in-yir-face fuckin laziness an' askin stupid questions. Ye widnae be the first. An' mibbe, while ye wur in there, ye kid take oan the post, the jail mailman, it's a popular position. Ye'd need tae get yir rear in fuckin gear fur that wan but.

A few cunts ur laughin now. They dont say hi – gi'e them summit tae laugh at but an' they'll rise tae the bait. Ah shoulda kept ma gob shut. The postie's naw a bad cunt really. Naw any worse than aw the other dicks in here anyhow. An' the truth ae the matter is: it's aye a mistake tae give folk that hivnae a fuckin clue summit tae laugh at. Ah feel sorry fur the postie, fur masel, ah feel sorry fur masel, the situation, me needin tae use a sad bastard like the postie tae show ahv still got whit it takes upstairs.

Hardly in the door ah am, an' Uli's faither's oan the phone.

Hello, Mr Sutter.

How ahm ah, Sutter asks.

Fine thanks, ah say, yirsel?

Fine as well, thanks.

An' then, eftir the two of us hidnae said nuthin furra minute, he says he'd heard ahd been through a rough patch.

Aye, true, it wisnae easy. Things ur oan the up again but. An' thanks, by the way, the flat's jist-the-joab. Really: jist-the-joab it is.

Dont mention it. He'd heard an' aw ah wis oan the lookoot fur summit. An' he'd summit fur me. Maag's. The print shop. Deliveries. Wis jist temporary. Fur aboot six months. Staunin in fur someone else. It wis a joab but. Ahd a drivin license, hadnt ah? Or hadnt ah? He kid gi'e me the number tae caw.

Thanks, ah'll think aboot it. How long did ye say it wis fur?

Six months. Ask them yirsel but. Six months, ah think it is.

Thanks.

It's nuthin.

Then anither wee silence. An' then – this hid tae come, hadnt it – wan ae they embarrassed coughs an' then: ur ye still in touch wi oor Uli?

Noo an' then, aye.

Ahm worried aboot him, ye see.

Really?

He's changed. An' ahv the feelin it's gettin worse. He's hardly any friends any mair an' only contacts us when he's needin money. Recently but, he's naw been lookin fur money even.

Hmm.

It wid be guid if ivry noo an' again ye kid go oot wi him or summit. Faur as ah know, you an' Marta ur the only friends he his left. Why dont ye arrange summit. Dae him guid, it wid.

Ah'll see. Thanks again fur the joab.

Ah dont fuckin get him, Uli's faither. Seems tae think ahd be guid company fur his fucked-up boy – an' he's serious an' aw. Okay, compared tae the bunch ae milkboys he hings aroon wi the rest ae the time, ahm mibbe naw sae bad. Aw jist a matter o perspective. Fuckit.

It's true we grew up thegither, Uli an' me. Lochfeld Primary, the wee ones. The pit o'er in Hüseli. Hofwald. The moon landin. Then the Seventies. An auld record player doon in the basement. At first, fur LP's wi fairytales oan them. Soon enough, fur rock 'n' roll. Status Quo. Then the Hendrix an' Joplin stuff the boy next door's big brother brought back fae Zurich. A few posters: pictures ae part-time rockers wi long hair. An' a gallery full ae the gods ae black 'n' white telly. David Cassidy, Günter Netzer an' the 1974 World Cup when he wis jist a sub, Netzer. Uli wis aye the captain when we played fitba against the Itais fae the gasworks. Course, ye wurnae supposed tae say Itai, we said it but anyhow when we wur oan oor tod. Ah wis scared ae a few ae them cos they'd bum-fluff oan their faces awready an' kid look at ye dead serious. Ah kidnae hiv said it at the time, ah felt but: it wis as if they despised us cos we'd hardly ivver tae fight fur fuck-aw. Cos we wur Swiss, so: spoilt an' weak-as-fuck. An' anyhoo, the Itais spoke Italian tae each ither an' ye nivver knew whit they wur oan aboot. It wisnae always easy, as ah say. Whenivver we played fitba but, ah forgot tae be afraid. A gemme's a gemme. Nae cunt needs tae shite himsel.

So okay. Ahm thinkin aboot it. Thinkin aboot oor childhood an' thinkin aboot oor young days an' ah dont stop thinkin. Me an' Uli, played fitba thegither, grew up thegither, started smokin thegither, experimented, started the drugs thegither. Okay. Right. Ah think aboot it a bit mair an' there's wan thing ahm sure aboot: nane ae yir fuckin crap, Goalie, pull yirsel thegither, noo's naw the time fur the wrong mistake. Run yirsel a hot bath, read a book, smoke a cigarette, make a cuppa, do whitivver ye want, jist nane ae yir fuckin crap.

Know whit, the fuckin stuff kin be ootae yir system long since – physically, ah mean – but it's still up in yir nut but still, it's aye in yir nut.

Be that as it may. Ah go tae the print shop, tae Maag's, an' say at Reception ahv heard they're lookin fur someone tae dae the deliveries. The woman at Reception tells me tae wait. Ah wait. Wan ae they guys comes oot, aboot fifty or summit, someone ahv nivver seen before, doubt he's fae here. Looks a bit like a lower-doon boss, naw a big-big boss anyhoo, mair like wan fae hawf-way up, cos ae whit he's wearin, cheap shirt, cheap tie an' stuff, aw a bit pseudo. Looks like his wife picks stuff ootae her stupit catalogue fur him – ivry couple ae years.

His name's such-an'-such an' ahv tae take a seat. Sayin that, ahd awready parked ma arse. Mibbe he wis bein ironic. Cos ah hidnae stood up when he held his haun oot.

Ah introduced masel, said Uli's faither hid tellt me etc etc.

Looks at me, he dis, asks hiv ah any references. Course: ah hivnae, naw tae haun over there an' then anyhoo. Tellt him he kid caw Mr Sutter, Uli's faither. Wis him gave me the nod.

Wis ah unemployed at the moment?

At the minute, aye. Ah hidnae been fur long but.

Hid ah a valid drivin license?

Course, aye. – An' ah put ma papers oan the table.

Hid ah ivver done deliveries afore?

Course ah hid. A holiday joab, it wis. Furra textile place. Mair than once. Ah knew whit the score wis, pretty much.

Good, he says, ivrythin in order fae his point-of-view, start on Monday, five ay-em oan the dot. An' dont forget tae bring proof ae a pension scheme etc. The first day someone wid go oot wi me, that wey ye get tae know wan anither. He'd show me how things ur done. Eftir that, ah wis on ma tod.

An' whit'll ma salary be? ah asked.

He hesitated furra minute an' ah kid see he hidnae gi'en it any thought. Then he rummaged aroon in his papers a bit an' then, eftir a few seconds, went: such an' such an amount per hour. Overtime wid be 25 percent mair. An' aye, cos ye startit so early, ye kid knock off at hawf wan an' still hiv the good ae the eftirnoon. That wis wan ae the advantages: hivin the hale eftirnoon, nearly, aff. Specially fur someone who done a loatae sport, fur instance. Did ah dae a loatae sport?

Jist a bit, mair like.

That wis a pity cos sport wis guid fur exercise, an' naw jist physically. He himsel hid always done exercise, aw his life. An' he kid assure me the exercise hid done him a loatae good, really a loat.

Ah goes like that: Great, ah'll be seein ye then.

He says nuthin an' jist nods.

An' that wis it.

Ahd nivver hiv thought it wid be so quick. Noo ahv this joab. Noo ahv nae excuse any mair. If it goes pear-shaped this time, ahv nae cunt but masel tae blame.

So: aff tae Cobbles. Tae pay Regula her fifty back.

Then ah want tae go tae the pictures in Olten. Oan ma tod. Ah want peace like. Ahv done enough fuckin talkin.

4

Sutter senior, Uli's faither, is some kinda procurator or summit. Nice enough guy, in his ain way like. Served oan the local cooncil in his day, or in some commission or ither. He's wan ae the auld guard anyhow, type ae guy who still believes in goodness. In evil, even. It's aw wan at the end ae the day but eh.

Ah mean whit ah say: Sutter's an okay guy. Least he dis summit, gets fuckin involved. Course, ah didnae think like that when we wur still boys still. Back then, aw ah noticed wis: the Sutters hid a better place than oors an' a far better motor. The Sutters hid a bright-rid Lancia GT an' we'd a totally fuckin embarrassin Opel Kadett. Ivry cunt kid see Uli hid mair than me. A leather baw. A pair ae they Adidas Rome trainers that cost sixty fuckin francs even in they days. An' fitba boots wi studs, an' spikes fur runnin in so ye didnae slip oan the cinder track, cos ye wur nivver goney find a tartan track aroon here back in they days, wur ye. An' Atomic skis wi Salomom bindings an' ski stoppers when we still only hid they stupit ski lashes. An' so on, an' so on. Aw ye heard in oor hoose wis: it wisnae the fuckin brand name that coonted, an' whether ye wur guid at sport or wurnae depended oan you yirsel an' naw yir equipment, an' the Sutters wur the Sutters an' we wur us. An' ye should be bloody grateful tae hiv skis at aw cos there wur other weans who hid absolutely fuck-aw but wur happy anyhow. Ah kidda cried an' screamed ivry time ahd tae listen tae ma maw an' ma faither harpin oan like that. The same auld same auld.

It wis mibbe aw true but that didnae intrist me but, furfucksake. The wan thing that wis clear tae me wis: there ah wis, staunin in the centre circle like a fuckin eejit, the last ae the mohicans, the last fuckin mohican fae total-eejit-land. Ah wis the last fuckin eejit still wearin canvas pumps. Totally-worn-oot, totally-ugly, totally-sad canvas pumps, designed fur total-eejits. Back in fashion noo, mibbe, that wis nae guid tae me back then but. Fur that reason an' that reason alane, ah got intae the habit ae takin charge. As long as ah wis boss, ah thought, nae cunt wid hiv a go at ma fuckin fitwear.

Whit ahm tryin tae say is: ah cannae save Uli jist cos his faither's oan the phone gi'in it: he's worried aboot him. Me an' Uli ur mates, that bit might be true awright. Is true. At the same time but: it's true an' aw that fur years noo he's been surroundin himsel wi cunts that gi'e me the fuckin creeps. Naw that ahm any diffrint fae Uli, or better than him, ah reckon but ahv done a better joab ae findin friends. Even at ma fuckin lowest, ahv gi'en a bit ae thought tae who ahm fartin aroon wi. An' noo ahm supposed tae make sure Uli gets back oan the right path. Me, of aw people.

Ahm ah a social worker like? Ahm ah a priest? Ahm ah a doctor? Ahm ah the very person tae bring Uli fuckin Sutter back tae the path of virtue. Naw – ahm fuck-aw, that's whit ah am.

Ahm a stupid fuckin cunt intae the bargain. Cos last night, when ivrythin at ma place wis spinnin roon an' roon, when moderation went oot the fuckin windae at ma private wine-tastin an' ah ended up wettin ma whistle wi an expensive Gran Reserva (thirty francs a bottle), didnt ah go an' phone Regula at wan in the mornin, me as pissed as a sweet-smellin fart an' aw.

Cos that's the kinda scatty thing ye dae when yir merry an' think ivrythin's fine an' you yirsel ur mair than fine an' the truth ae the matter is: fuck-aw's fine. Aw ae that wis clear tae me, ah jist wish ahd realised sooner.

So ah phones her. It rings a bit. Ah wait. Buddy answers.

Hello, who is it?

Me, Goalie. Can ye get Regula fur me?

Whit dae ye want? he asks.

Regula.

Aye, but whit dae ah want her fur. At this hour.

Ah want tae tell her masel.

Dae ah naw know whit time it is?

Aye, thanks. Ah dae. Ahv a pretty guid watch, still ma auld Tissot, fifteen-year-auld it must be noo, rock solid but, an automatic Seastar, a brilliant watch, really, Tissot Seastar, really reliable, naw manufactured any mair, still a brilliant watch but. An' that's how he didnae need tae tell me whit time it wis. An' anyhoo, ah wis callin tae discuss summit important wi Regula.

Regula's sleepin.

Wake her up then.

Who did ah think ah wis like?

Who did he think he wis like?

He wis warnin me.

Oh gosh. Dont fuckin scare me now. Ma shrink tellt me naw tae be gettin worked up, whit wi ma nerves an' that.

Wis ah oan summit or whit, he wantit tae know.

Wis he ma maw ur whit, ah wantit tae know.

It went oan like that fur aboot anither five minutes, gettin louder an' louder, till aw ae a sudden, in the backgroon, ye kid hear her wunnerful warm voice.

She said fur him tae gi'e her the phone. Mibbe it wis important.

An' he wis like that jist: fur her tae shoosh an' get back tae bed. An' tae me he went: dont even think ae cawin his hoose at this hoor ae the night again or ahd be makin his personal acquaintance.

Fur wance, ah didnt say nuthin. Then, eftir a pause, ah asked kid he finally get her tae the phone. Ahd summit tae tell her, summit urgent, summit that kidnae wait an' needed tae be discussed by intelligent people.

He said summit totally fuckin rude an' hung up. The line went dead – that lang cauld sound. Then: nuthin at aw. That's where we wur at. Wisnae a guid idea, that call, really wisnae. Next week, ahm startin at the print shop but – that's whit coonts now. They kid aw fuckin piss off, the hale lot oae them. Kid rot an' fuckin decay – wi aw their sleepin-pill dreams ae their ain hoose wi parquet floorin an' a patio an' a conservatory an' ae a private pension an' aw they concreted-over life plans.

If ahd at least still hid the cat at least. Before they stuck me in jail, ah hid wan, a tiger. It wis guid tae hiv an animal aroon like that noo an' then. Then ah killt it. Hidnae the heart tae pit it in a home. Ah kid get anither yin, aye. Widnae be the same but.

Oan ma first payday, ah'll buy masel a decent coffee-maker, mibbe. Ahv awready got heartburn fae wan ae they stupit espresso pots ye screw thegither. Ye nivver know is it aw goney squirt at the ceilin or, worse still, in yir face.

Ah need tae git oot. It's pissin it doon an' it's cauld an'

dork. Naw that it matters. Ah kin take ma coat. Ahv a guid coat, ye can traipse aroon fur hoors in the rain wi it. Plus: it still looks the part. Dork blue. Expensive material.

When me an' Uli wur still at school, we used tae play fur fuckin days in the rain. He wis Netzer an' ah wis Johann Cruyff. Some folk think ah wis aye in goal cos ivrywan caws me Goalie. That's wrang but. Ma name his nowt tae dae wi the position ae goalie. The wans that wur guid fur fuck-aw else wur aye in goal. Ah scored mair goals oan that crappy surface than aw the ithers pit thegither. It wisnae actually a fitba pitch, mair a patch ae fuckin grass between Reitplatz an' the main street. That wis as much as oor bit ae town hid tae offer. It wis guid enough fur us but. Back then, ivrythin wis guid enough. If things ur guid, ivrythin's guid enough. An' ah hid it guid as a nipper, really guid, even if ah didnae know it at the time.

Nae idea where ah shid go. Ah jist felt the need tae get oot there.

Ah walk in the direction ae Schoren. Mibbe Uli'll be at hame an' pit oan a cuppa or whitivver. It's possible anyhoo. We kid then talk a bit aboot back then, when we wur kids an' ivrythin wis great. Nearly ivrythin anyhoo. We kid talk aboot Etter, fur instance, who – when we played fitba – wis aye claimin he wis fouled an' wantin a penalty. Course, it's a penalty! For-fuckin-get it. Shut yir fuckin gob, Etter! In yir fuckin dreams, Etter boy. That wis nivver a foul! Naw in a million years. Ah hardly fuckin touched ye. An' him doon on the groon, wan haun oan his shin, the ither in the air: Penalty, that's a penalty, ref! Us jist playin oan but.

Uli stays in the groon-flair flat next-door tae a farm. Naw bad. Bit small mibbe, but it's cheap but. An auld dear lives above him who cannae hear any mair. Which is right an' handy when it comes tae loud music an' that. Right at this minute but, it's naw handy at aw. She's lookin at me fae where she's staunin at the open windae an' unnerstaunin fuck aw ae whit ahm sayin. Ah point tae the door oan the groon flair. She says summit aboot the weather. Dis she know where he is an' when he might be back? Did she see him headin oot mibbe?

Aye, she says, aw day yistirday an' yet he said it wis goney be nice yistirday an' theday.

Who? Who said?

That's whit ah mean, eh, they weather guys ur gettin it aw wrang mair an' mair oftener. Ah well, we'll jist hiv tae take whitivver comes. That's the wey it is, eh, whit else ye supposed tae dae? Even if we made it oorsels, it widnae be any better, the weather.

An' Uli, the guy below ye?

Know summit? Ah dont believe a word they say any mair.

Forget it, Goalie, ah tell masel. Dont git worked up. Ye'll be like this auld dear yirsel wan day mibbe. Probably ye'll naw but. You'll drap deid first.

So ah head doon intae the village tae borrow a few videos. Or mibbe naw, nae videos, they're jist tae kill time, yir better gettin books. Books last longer an' yir heid disnae feel so empty eftirwards, when yir done readin them. If they wur hawfway decent, that is, at least.

It wid be great tae hiv a guid natter wi Uli aboot the auld days. Wonder whit Etter's daein these days? Guy done teacher trainin, ah think, then actually became a fuckin teacher. Started tae teach, soon as he finished his trainin, in some village. That's aw ah know. Nae doot he's heid ae department or summit noo. Bit ae an eager beaver, Etter. Aye wis. Bit ae a fuckin cry baby an' aw – wi his stupit fuckin penalties.

That's a clear-cut penalty, ref!

Shut the fuck up, Etter. That wis nivver a penalty. Naw in a million years, ya monkey.

If he got tae pick the players, he nivver picked me first. Probably wantit tae show me jist ah wisnae the best in his eyes.

An' wee Balsiger? Wonder whit he dis these days. Guy who, when they wur pickin teams, wis aye left tae last. Then some cunt wid go: yous kin hiv him.

Naw, yous take him, we dont need him.

Naw, yous take him, we're a man up as it is.

Disnae matter, yous kin hiv him.

Dae whit yis want.

Nae cunt ivver wantit wee Balsiger. Wan team aye ended up takin him but. Fucksake – guid times, they wur! We'll nivver get days like that back again.

Ah dont know why masel, the only guy ye can still talk tae seriously aboot they times is Uli but. Aw the others ur eether long since gone or cannae mind any mair. Cos they've nae memory, they say. Cos the hale bastarn world his nae memory any mair. Success an' memory dont go thegither. An' nae cunt wants tae remember anythin cos aw they optimists an' visionaries an' the gorgeous chicks on TV an' aw they stupit agony uncles in magazines, an' aw ae them pit thegither ur only ivver gi'in it: ye hiv tae look forward. Ye break yir leg. Disnae matter, look forward jist. Ye lose yir joab. Disnae matter, look forward jist. Ye go bust. Disnae matter, look forward jist. Yiv got cancer. Look forward jist!

Sorry, where exactly? Where is it yiv tae look when ye

realise yir heidin straight fur the bottom? Gi'e us peace wi aw that nonsense. If behind me looks better than up aheid, ahd rather look back.

If the rain disnae stop soon, ah'll be stayin in here till wan ae the librarians or – fur aw ah care – the jannie chucks me oot. Ah'll be tellin him tae call me a taxi first but.

That normally impresses these guys – takin a taxi – cos nae cunt takes a taxi here unless he cannae walk aw ae a sudden. So if someone like me takes wan, tae get hame fae the library, it gi'es them summit tae gossip aboot.

5

First day at ma new work wisnae so bad. Deliverin stuff. Printed stuff. Helpin oot in the storeroom in between. Quite relaxed fur the maist part. If it's like that ivry day, ah'll manage. Ah mean: a joab's a joab, intit. That's only logical. Ahv worked in places but where it wis clear wi'in the first hoor it wisnae goney happen. Naw here but. Here's whit ye'd caw okay.

Ah should be happy, basically. Ahv got peace an' quiet. An' ahv got ma joab an' that. Jist like ah wantit. Nearly.

So: grab a wash, cook summit decent, then it's aff doon tae Cobbles tae apologise tae Regula fur the embarrassin fuckin phone call at wan in the mornin.

Regula's lookin incredible theday. She always dis. Theday's summit special but. Black jeans, black V-neck pullover, the sleeves rolled up so ye can see her lower airms, nice, wiry, they tense up when she's carryin a tray. Her light broon hair, pit back behind her ears. An' her funny eyes like the eyes ae that Russian ice-skater whose name'll come back tae me, mibbe. Mibbe it wisnae a Russian, mibbe it wis an East German. Incredible eyes, anyhoo.

Sorry, Regula, ah wis a bit merry. Plus, ma heid wis

spinnin.

Nae worries, Goalie, there's nae need tae apologise. Buddy wis still awake anyhow.

Ah woke ye but an' ah didnae mean tae, honest.

Like ah say, Goalie, it disnae matter. Nae harm done.

Buddy wis ragin but.

Ye'll need tae talk tae him aboot that. Ah wisnae. Ahm naw anyhow.

Honest?

Honest.

Yir a guid person, Regula.

An' you're a total patter-merchant.

Ah mean it, Regi. Yir faur too guid fur that Buddy.

Stop it, Goalie.

Kin ye bring me a wee glass ae Navarra when yiv got a minute? Ye'd make me a happy man.

Sure ah will. An' this time ah willnae ask if yiv the money fur it.

Jist as well. Ahv a joab now.

Ah know, ah heard awready. Pesche seen ye drivin the delivery van.

Aw right, so Pesche seen me drivin. Very observant, Pesche. Respect.

Whit's Regula daein wrang furgodsake, ah asked masel. How come she his a total tube as a boss an' a wimp ae a fuckin bloke at hame? Aw ah said but wis thanks cos she'd awready brought me the wine.

Whit wis it ye wantit tae tell me by the way, Goalie?

When?

When ye phoned in the middle ae the night.

Cannae mind. Ah tellt ye awready: ah wis rat-arsed.

C'mon, Goalie, Ye dont forget why ye phoned someone in the middle ae the night.

Ah do. Ah dont know any mair.

Ah smiled at her an' she smiled back.

It wisnae the first time. An' yet, too fuckin right: it did ye good, it really did, tae see her smile, smile fur me.

A while later, she's back at ma table again awready tae ask is the joab okay.

It's better than yours anyhoo.

How kin you know whit like ma job is? Yiv nivver served behind a bar.

Naw, but ahv watched you but.

An' ye can tell fae watchin it's nae guid?

Ah kin tell fae watchin there's too many tubes in here. That the biggest wan ae aw is yir boss. An' that you're the only wan who isnae actin the tube.

She's smilin again. Amazin: she's really pretty when she gets they wee dimples in her cheeks.

Regula, get yersel a glass an' sit doon an' join me fur five minutes.

Naw thanks, there's too many in. Mibbe later, when it's naw as full.

Ah'll be gettin some kip later, Regula. Ah start at five themorra again. That's the only drawback wi this joab.

Tell me, Goalie, ur ye really sayin ye dont mind whit ye wantit tae tell me?

An' noo she dis sit doon an' join me furra mo. She's only half-sittin sorta but, at the edge ae the corner seat. As if she'll get up any minute again.

Mibbe ye will mind eftir aw.

Then ah looked intae her eyes an' tried tae make ma face go vaguely tender. Ah looked tense-as-fuck but, probably, jist. Ah dont know eether why it makes me feel pleased: her askin sae often, ah mean, how ah phoned sae late. How d'ye think? Cos ah like her. Cos she makes me horny. Horny as a three-peckered goat, as Uli wid say. Regula knows fine well, wants tae hear it fae me noo. Maist women know which cunts like them. They still want tae hear you yirsel say it but.

If there's wan thing ahv definitely sussed, if there's wan thing ahv learnt in thirty-three years oan this planet, it's this: nivver come on tae a woman too fast. *Piano*, amigo, keep a low profile, jist wait jist till summit happens – or disnae. Play it nice an' slow, be gentle, like a summer's breeze, haud back, be ready but when the right moment comes. Whereas: try an' force the situation – an' it's game over afore ye even start. Even if, tae begin wi, ye might naw even realise.

Ah tellt Uli an' Marta last Sunday anyhoo. Tellt them ahm in love. Ah know ye shidnae go spreadin that kinda thing. Ah hid tae tell they two but. Who wid ah tell, if naw Marta an' Uli? Uli, admittedly, wisni very intristit. Marta reckoned it wid dae me guid but, naw bein oan ma ain any mair. An' how hid ah broken up wi her fae Burgdorf anyhoo, that lovely Helen lassie, a really nice lassie she wis, suited me doon tae the groon, aye nice an' cheerful, even intae sport an' that. Tae this day, she – Marta, that is – kidnae unnerstaun why ahd chucked her – Helen, that is – fae wan day tae the next.

C'mon, Marta, dae ye really think someone who studied English furgodsake an' hid an assistantship at the uni an' a future aheid ae her like Helen, dae ye really think someone like that widda stayed wi me in the long run? Forget it! It wis nivver goin anywhere, that yin. Wis strange enough we ivver got thegither. At the latest, when ah got fucked over an' hid tae dae time, she'd've left me. Her faither wis a big shot, or an even bigger shot than that, in the army an' a member ae a hunner or mair boards ae directors, an' her maw wis wan ae they tarted-up glamorous chicks wi a pseudo-French accent fae some ancient patrician family or ither: Wot eez being your fazzer's pro-fessi-own eef ze questi-own eez per-meez-eeble?

Can ye even begin tae imagine it? Me, Goalie, in the upper circles ae Burgdorf, wi a glass ae Burgundy in ma haun an' a heid full ae broon sugar?

Yez, hour son-een-law eez for ze mo-ment steel een ze Shoke zerveeng his sawn-tawnce, yez, ee eez in-deed a verrry fine young shentle-man. We are being verrry pleezed, ee eez verrry – ow do you zay – comm-eet-ed, ee as ze tattooz and a verrry longue beard. Non, non, ee eez one of ze verrry best preezonerrs in ze con-tawn, exemplarree and such a day-son young shentle-man and so een-side-vul and so good at rrrollling ze huuuge shoints. We vollow his day-veil-opp-mawn with ze great pleashure, ee eez ze dream son-een-law, yez, we are verrry pleezed for hour Hay-lane.

Give over, Goalie! Ye kidnae hiv known when ye broke up wi that Helen lassie that the law'd be comin eftir ye. An' anyhow, ye nivver did hiv anythin tae dae wi her parents really.

Ah wis jist tryin tae come up wi an answer fur that when Uli stuck his oar in an' said ah wis right an' Marta shid stop haverin, that there wis women oot there who wur aye oan the look-oot furra guy who wis as fuckt-up as poss so they kid look eftir him. An' Helen hid been exactly that type. He'd analysed her so he hid an' she'd been the typical Mother-Teresa-type an' if it hid come tae the crunch, a hunner percent: she'd hiv went, fuck-that-fur-a-game-o-smarties an' looked fur some ither cunt who wis, aye, fuckt-up, jist naw as fuckt-up as ah wis back then. An' anyhoo: women like that got oan his – Uli's, that is – tits, the kinda women who want tae gi'e a fucked-up life a go, want tae keep the door open but so they kin get back intae the warmth when things go pear-shaped. An' anyway, he wantit some mair smack noo an' whit the fuck hid ah done wi the tin foil that wis oan the table a meenit ago.

Ah took masel aff. Cos it's wan thing, naw takin anythin yersel, an' anither tae watch ither folk gettin aff their heids.

The fuckin drugs'll finish ye aff, Uli. They fuck ivry cunt up, believe me.

Be seein ye, Goalie. An' thanks fur the sermon, by the way. Ye'd make a guid fuckin missionary. See ye aroon. An' aw the best fur themorra.

Yistirday, that wis. Ah felt a right sad bastard, a Holy Joe. Whit d'ye expect but? Sometimes, in life, ye hiv tae play the Holy Joe. It's part ae ye, like it's implanted in ye. It's part ae ivry cunt.

Ahm mixin ivrythin up in that nut ae mine. It's as if whit happened wi Regula wis yistirday, an' Uli an' Marta wur theday. Ah dont know how masel. Ahm probably jist knackered, wi aw they early rises.

Wance ah get hame, ah take two paracetamol tae get in aheid ae any problem, an' a gulp ae Veterano tae wash them doon. Ah kin jist aboot manage tae read ten or fifteen pages ae the book ah borrowed fae the library last week. The letters start tae blur really nicely, gi'in the story ahm readin some atmosphere. Then ma heid gradually begins tae darken an' ah plunge intae a deep sleep.

6

Ah dreamt that night ahd hid a guid warm kick.

Wis jist a dream but. There's nowt goin on. Ah kin pull masel thegither. If ah want tae. An' ah dae want tae. Ah cannae even mind when ah last took summit. A lang time ago. We stopped at the same time, actually, Uli an' me. Guy wisnae in the best ae form at the time, that's how he kidnae see it through. Course, ah feel sorry aboot that. Naw as if ah can change it but.

Ah dont know how ah aye hiv tae sneeze when ah arrive at this shitin print shop. Ivry mornin at five, soon as ah take the delivery forms aff the shelf, ah hiv tae sneeze. It's psychological, probably. Very probably. If ah wis tae stop an' think aboot it, ahd probably take it as a sign an' change joabs. It's naw went that faur yet but. That ah see ma sneezin as a higher power at work, ah mean, or think ahm on top ae things enough tae risk a change. Naw. Naw, ahm stayin put fur the minute. Ah'll see how things go. Sooner or later, the shit'll hit the fan wan wey or the ither anyhoo. Ah know that. Know masel too well, so ah dae.

It's naw quite right, by the way, tae say there's nowt goin on. Summit kid come alang an' trip me up very easily. Like that summer we wur oan a school trip in the Ticino.

Herr Kiefer, oor teacher back then, tells us naw tae play wi the posties' delivery carts staunin aroon the platform.

An' ah think tae masel: aha, so there's summit cawed a delivery cart. Ah wunner whit ye kin get up tae wi wan ae them? They must hiv a brake somewhere. An' ye must be able tae release it. An' sure enough: ah managed tae dae it. Course, there wisnae a happy endin. An insurance joab, in the end-up. Ma auld man wis still alive at the time. An' fit an' strong. Wis a bit fuckin o'er-the-top when ye think back. Aboot thirteen ye ur, an' a form arrives fae the insurance together wi a letter fae yir registration teacher – an' ye get such a fuckin hidin, ye end up naw knowin whit yir name is an' whether ye ivver fuckin existed even.

Ah dont want tae make a big fuss aboot it. Ah know masel ahm naw the only wan ivver tae get his arse warmed. It sucks but nanetheless. Specially when ye consider ma auld man widnae hiv hid the strength a year or two later tae batter me like that. Cos ae his illness. The muscle thingy. He did hiv the strength at that point but – an' lashed oot like a thresher in his heyday. An' if ye also consider ma auld man wis a total swine wi a hellish temper, it's a miracle ahm as easy-goin as ah am these days, in terms ae temperament. Officially, ahm – at maist – *verbally aggressive.* That's whit the psychiatrist in the Joke concluded. An' it's true, that.

Conspicuously verbally aggressive. Also unable to deal with conflict. Plus, a clear tendency to suppress problems. Physically inconspicuous.

Ye kidnae invent that if ye wantit tae, kid ye? Yet guys like that kin fuckin slam it doon in a report wi'oot a moment's hesitation, an' then it depends oan that whether ye get released early or naw. That's naw fuck-aw either, if ye think aboot it.

Sunday. In the book ahm readin at the minute, a couple ae mates hiv been gi'en two hooses. As a present, like. The mates ur the layaboot type, a bit like us in the past, cept a loat further back than that, an' in America. Aye, so wan ae them his come intae an inheritance, his inherited two hooses. He shares these hooses wi his mates. Then wan burns doon cos some cunt wis careless, they still hiv the ither yin but. It's naw bad, ah like it, this story. These boys didnae hiv fuck-aw an' noo, at least, they've this wan hoose, they're naw copin wi it but, naw ivver hivin been in this kinda situation afore. Plus, they're drinkin too much. As the reader but, ye nivver know: ur they drinkin too much cos they've sae many problems, or hiv they aw these problems cos they're drinkin too much. It's jist like in real life. Ye nivver know which it is. A bit ae each, probably. A snake that bites its ain tail. An' while wur on the subject ae snakes: if ahm single much longer, ahm goney fuckin crack. Ah need tae find a woman, an' naw jist any wan, naw, it his tae be the right yin, eether Regula or wan that kin at least compare tae her. At the moment but, only Regula comes intae question. An' at the same time she disnae – cos she's wi that clown, Buddy. There ye hiv it again: the snake that bites its ain tail.

Ah read anither book by the same guy wance, wan aboot a guy who aye his a mate in tow wi him who's naw quite right in the heid, as strong as a horse but. The two ae them go fae farm tae farm an' graft an' graft. The wan who's naw the full shillin isnae much ae a thinker, he's a guid grafter but, an' the ither guy can think fur the two ae them. Tae cut a long story short: they complement each ither, an' while yir readin it, yir thinkin, aye – this kid work oot. An' furra while things dae go well. The wan that's naw aw there but, mentally, is aye pittin wee mice in his trooser pocket tae pet them, then but he crushes them tae death – jist cos he's faur too strong fur them. It's naw that he wants tae dae it, it jist sorta happens. In the end, he crushes a woman tae death who wis aye comin oan tae him. She wis daein it furra laugh jist. Try tellin that but tae someone who's a sandwich short ae a lunchbox. Course, he takes it seriously an' squeezes her, squeezes faur too hard, he disnae mean tae dae that eether, he jist cannae control hissel but an' crushes her tae death. The worst bit is: his mate his tae shoot him in the end cos, itherwise, the wans fae the farm widda, they'd hiv gi'en him a helluva beatin first but, or tortured him. So his mate takes a pistol before the ithers find him – an' end-of-story. By the time the ithers show up, the big yin's awready deid. A dead sad book, it is. Ah read it twice an' fuckin murder it wis tae read, baith fuckin times. The wan detail that isnae clear tae me is: how dis the woman dae that – come oan tae the eejit? Whit's she tryin tae prove tae hersel? She knows fine: the cunt's got some mental problem or ither. An' normally if a woman wants tae come oan tae some cunt, she comes oan tae him awright, but naw a mentally handicapped person but.

Regula turned up wi a cake. Some bastard hid tellt her it wis ma birthday.

Dont talk crap, Regi, it isnae. Who said it wis?

The rumour's daein the roons.

Whit d'ye mean: the rumour's daein the roons? Someone musta said it. The rumour disnae jist spread itsel jist.

Then but ah thought: the main thing is, she's here. So ah shut the fuck up, pit some tea oan an' said ah wis pleased she wis here an' hoped she wisnae in a hurry.

She wisnae. Buddy wis at the airfield. She wisnae as

keen on goin there. Fur her, it wis mair: kinda borin. Model planes didnae dae it fur her. Okay, so she'd nuthin against it eether. It wisnae as if it wis the worst hobby oot. An' it did Buddy guid. He wis aye a diffrint person when he came hame.

D'ye take sugar?

Aye, please.

She looks at me, watches me as ah let the sugar trickle fae the spoon, an' ah get aw embarrassed.

Tell me summit, Goalie. Whit like wis it in jail? Ah dont know anyone else who's been.

Is that how ye came?

Naw, naw at aw. Ah tellt ye, didnt ah, someone said it wis yir birthday. Ahm jist intristit, that's aw.

It's nowt special. Durin the day ye work ootside in the fields an' in the evenin ye wait fur night tae faw. Some folk ur total swines an' some ur awright. First, ye hiv tae look an' see which is which. Then ye stick tae the wans that ur awright. That way, it's awright. D'ye want some music oan?

Naw, jist leave the radio on. Ah feel fine.

Ah dont.

How naw?

Dont know masel. It's strange. Two ae us at ma place, oan a Sunday eftirnoon. An' cake an' tea. Hard tae say how. It's makin me a bit nervous but.

Carry oan tellin me. How'd ye tae go tae jail anyhow?

Ah wis convicted.

Ah know that. They musta tellt ye why they convicted ye but.

Fur hivin impure thoughts.

God, Goalie, yir a strange yin.

Ah know, ah know.

Then, eftir a pause: Tell me, Regi, is Buddy naw as strange as me?

Buddy's diffrint. Buddy his baith feet on the groon. Strange things urnae always happenin tae him. Ah didnae come here but tae talk aboot Buddy.

How then? How ur ye here? ah thought tae masel an' ah pit ma arm roon her an' said ah wis pleased she'd come anyhoo an' ahd the feelin things wur a bit brighter when she wis near me.

It didnae bother her, that bit wi the arm. She shuffled up closer, mair like, pit her heid oan ma shoulder an' didnae say any mair. It wis strange takin Regula in ma arms while her man wis at the firin range, operatin the remote control ae wan ae they childish model planes. Wis strange, aye. But nice but. Very nice.

7

Ah get ma kick fae the present. Maist folk ah know aye focus on the future, sorta, eether their ain, or the prospects ae their spoilt-as-fuck weans. The word *future* covers a multitude ae sins but, specially if ye dont know whit's in store.

Ahm naw hooked on the future. Naw me. Ah dont focus on the future like that. At maist, ah wonder wis that it awready wi Regula. Haud her a bit, listen a bit, chat a bit, a wee bit ae trembly-knees sydrome. An' tae go wi aw that: a piece o cake an' national radio. Course, that his its attractions an' aw, tae begin wi, at least. Problem is: nae cunt knows how long the beginnin lasts fur. An' whether it even *is* a beginnin.

Course, ah kid say tae her: naw, that's naw on, she his tae decide, tell me whit she wants. She his tae choose, him or me, eether we dae it right or it's jist a bit ae fun etc etc blah-blah. Whit's the point but?

Whit'll ah dae if eftir a while she gi'es it: she's decided in favour ae me. Or worse still, gi'es it: mibbe it's better if she nivver sees me again? The smarter thing tae dae, nae doot, is tae dae fuck-aw an' wait an' see jist. Ye cannae speed these things up. Itherwise, ivry cunt wid.

Uli's noo in hospital. Ah tellt him mair than wance tae see a doctor. When he finally went, Dr Wydenmeyer sent him straight tae hospital. Hepatitis, he's got. Ither stuff as well. An' above aw, a high temperature.

Didnt ah tell him he'd a temperature? Didnt ah tell him he his the jaundice? Marta thought it wis better naw tae go oan aboot it an' tae let him get some shut-eye.

Admit it, Marta! Ah knew, ah tellt Uli: yiv got the jaundice, man. Ye shid dae summit aboot it, man. Didnt ah say so? Didnt ah say he shid caw a doctor?

Marta waves tae say naw tae shout like that an' leaves the room. Pointless anyhow, jist sittin there while the man himsel's oot fur the coont.

In the hospital cafeteria, they've guid doughnuts. They wans wi icin sugar, insteid ae normal sugar. Yir fingers dont get as sticky. An' they taste jist as sweet as the ither yins. If ah kid, that's the only doughnuts ahd eat. Jist the hospital yins.

Marta asks his there been any developments wi Regula.

Ah got a bit nervous.

How? Did some cunt say summit?

Naw, naebody did. Ye said yersel but ye wur in love wi the lassie.

Did ah?

C'mon, dont be like that, Goalie. Ye went oan an' oan aboot her. As if ye wur a teenager again. C'mon, tell me. Tell me whit's happenin. Ah cannae wait.

There's nowt tae tell but. An' anyhow: Marta's top lip's covered in jam an' icin sugar. It's distractin me.

We talk a bit aboot Uli an' how guid it wid be if he wis pit oan wan ae they programmes, wan ae they controlled distribution programmes, heroin distribution, or a methadone treatment, so some cunt wis keepin an eye oan him, jist naw too much jist.

Excuse me, it's nae smokin here.

In visitin her man, she wis. Her man in a purple tracksuit wi white stripes, her in wan ae they gowns they anthroposophist-yins wear – an' jist as purple – an' she comes up tae oor table like that, sits doon, practically, turns her nose up an' says in that perverse tone ae voice some folk use when they want tae pit fellow human beins right: Eh excuse me, yeah you, it's nae smokin here.

Ah think yir mistaken. Ah think yiv confused things, cos this bit here, this bit very definitely isnae nae smokin. This bit here's smokin, an' o'er there – d'ye see over there – is nae smokin.

We're sittin in nae smokin but, an' yir smoke's right in oor faces.

Ah'll gi'e ye that, ah say tae her. Ah know, the smoke's terrible. Thing is: the smoke isnae familiar wi the rulin ae the Office fur Public Health. The smoke, eejit that it is, cannae read an' disnae know how tae obey. The smoke dis whit it wants. The smoke is freer than aw ae us, intit?

She disnae find that wan bit funny an' looks furra seat elsewhere. While they're changin tables, her husband gets caught on the tubes ae the stupit drip he's draggin aroon. Nearly went flat oan his face, he did, together wi his drip. Then he goes an' looks at me as if ahd stuck ma fuckin leg oot or summit, the cunt.

They kidda went tae that ither seat fae the start, couldnt they. Miles away fae the smoke. Fur some folk but, it's naw aboot the smoke, it's aboot the wee conversation. Disnae matter whit it's aboot. That's cos, nooadays, ivry cunt's sae lonely. They turn up at yir fuckin door, even, tae gi'e ye grief. Cos a bike, allegedly, his been left somewhere it shidnae, or cos yiv pit the rubbish oot a day too early. It's naw aboot the fuckin bike but or the rubbish. It's aboot the goddam loneliness. Some folk probably say tae themsels: ahd rather go roon an' gi'e a fellow human bein grief than hiv nae communication at aw.

Whit ye thinkin aboot, Goalie?

Nuthin that matters.

Ye thinkin ae Regula?

Ah hiv tae go noo. Ahv stuff tae dae still. Anither thing, Marta, if ye kid ask that doctor if Uli kid get ontae a heroin distribution programme, in Olten or Berne or summit, that wid be better fur sure than daein nuthin at aw. *You* hiv tae dae the askin but. Cos you're his wife. They widnae listen tae me anyhow. Ahm jist a jerk that's jist ootae jail. That wis in fur daein drugs, intae the bargain.

Ah'll ask then.

Make sure ye dae but!

Yeah, yeah. Yeah, okay, ah will. Ah'll dae it. An' you: dont be doin nuthin stupit.

You an' aw, Marta. You an' aw.

At hame, ah looked through ma post. Nuthin but advertisin an' beggin letters. As if ah wis someone ye kid beg off. They hivnae a fuckin clue, any ae them! Then ah looked at a stupit competition an' cos ah needed a bit ae fresh air afore ah went tae bed, ah filled it in an' took it tae the post box beside the bakery. Ye got the solution by pittin thegither the first letter ae the answers tae aw the diffrint clues. STATUE OF LIBERTY. A mair stupiter solution ye kin hardly imagine. The first prize is wan ae they cars, a Ford summit-or-other. The second prize widda intristit me mair: a trip fur two tae New York. But try but daein a competition that a hunner thousand other jerks like me will dae an' see if you kin win second fuckin prize.

8

When ah get tae Cobbles oan the Saturday, Pesche tells me tae go an' take a fuckin hike. Ah wis barred. Ahd went too far this time. Definately.

Barred? How, Pesche, how ahm ah barred? Whit's gi'en ye that idea? Hivin an off-day, ur ye? Naw sellt enough coffee or whit?

Ye know how, Goalie. Ahv tellt ye often enough. Nae drugs in here. Coont yirsel lucky ahm naw cawin the polis. Noo fuck off.

Wait a second, Pesche, wid ye. Jist a fuckin second. Calm doon an' take a deep breath, man. There's been a misunnerstaunin here. Must be. Ahv been hivin nuthin tae dae wi that crap. Ahm completely aff the stuff – ah swear. Word ae honour!

Ahm naw in the mood fur discussin it, Goalie. We found a stash oot in the toilet, jist eftir you wur here it wis. Dont try an' tell me any diffrint. Noo leave afore ah caw the polis.

Okay, caw the cops then. Get them tae come. Least they willnae fuckin treat me like fuckin this.

Ahm warnin ye, Goalie.

Ye dont like me, dae ye? Ahv known that fur ages,

Pesche, ages. Ahv nivver done nuthin tae ye but. An' ahm naw guilty. An' that's how ahm naw leavin till the polis come an' get me.

Ah carried oan like that till Pesche got hold ae me by the collar. He did actually chuck me oot. Ah tellt him it wis sick. That he wis a sad bastard. Nae idea how ah reacted like that. That is: course, ah know. Firstly, it dis yir nut in if yir naw allowed intae a pub ye want tae go tae. Secondly, it dis yir nut in when they try tae set ye up an' ye urnae a dealer, it isnae fuckin true an' it nivver wis, naw really – naw tae be too pedantic aboot it. Thirdly, it dis yir nut in when ye realise yir bein treated unjustly an' there's fuck-aw ye can dae aboot it.

At the place where ah done ma apprenticeship, money once went missin once. Wan ae the draughtsmen wis givin it: his wallet wis missin, a wallet wi god-knows how many hunner francs in it. Each an' ivry wan ae us wis hauled up before the boss. It wisnae me. Wis me ivry cunt suspected but. They'd fuck-aw proof. Cos it wisnae me. See eftir that but, it wis nivver the same again. They nivver did find oot who nicked the money. So ah wis suspected fur years cos – fur some reason – ah seemed the maist suspicious tae them aw. Nae idea how. Ma long hair mibbe. Or cos ah wis aye skint.

Noo, wi Pesche, ahd the exact same feelin as back then. Yir accused ae summit ye didnae dae. An' ye feel summit like a bad conscience. An' it's like: yir hivin it fur some ither cunt, ye dont even know who fur. It's like the bad conscience ye hiv this time is staunin in fur wan ye shoulda hid anither time: fur crap ye wur responsible fur in the past. Or fur stuff yir sure tae dae in the future at some point. At the same time but, ye feel a kinda rage in yir stomach. It's a kinda inhibited rage, wan ye can nivver let oot cos ye'd jist be makin yirsel even mair suspicious.

Ah jist went hame. An' noo, tae make things worse, Pesche's thinkin he's the carin type cos he didnae report me tae the polis, cos he dealt wi it himsel. Ahm supposed tae feel grateful tae him an' aw. Sayin that, Pesche's naw totally kosher himsel. If yiv a guid nose, ye can smell it. Incredible, it is. At times like this, ah kid greet in despair. Whitivver ye dae, dont think aboot it, mate. Jist dont think aboot it.

So ah head hame, hiv some red wine, naw exactly a little. Then ah turned over an' fell asleep oan the sofa. When ah wake up, it's Sunday lunchtime an' ahv a stiff neck like nivver afore in ma life. Take a few paracetamols, ah thought, hiv a cheese-ootae-a-packet sandwich, then hiv a shower, clean yir teeth an' hiv a shave, ah thought. Whit ah did dae but wis phone Regula.

Hi Regi. Buddy oot flyin his planes?

Aye. How ye askin?

Kid ah come roon an' see ye furra wee bit?

Naw, ah cannae. Ahv visitors. Ma sister's here wi her weans.

Regi, hiv ye any idea whit happened tae make Pesche bar me fae Cobbles?

Ahm sure you know that better than ah dae.

Where wis this comin fae, aw ae a sudden – this omin-fuckin-ous under-fuckin-current in Regula's voice?

Christ, Regula, dont tell me you believe aw that. That ahv – That ahv summit tae dae wi –

Ah hiv tae go, Goalie. Sorry, ahv visitors.

Hang oan, Regula, hang –

An' that wis it.

Sometimes ye need tae get yir rear in fuckin gear. Even if the reason's a mystery. An' tae you an' aw. That eftirnoon ah went back tae the hospital, tae see Uli. We'd a game ae backgammon an' talked aboot the auld days. Guid, it wis. Done us baith guid.

Ye dont need tae fuckin cheat!

Whit d'ye mean: cheat? Five an' four's nine. It's nivver been anythin else!

Wis that really a four?

Ur ye lookin at the dice or naw? Course, it wis a fuckin four.

Ah shut up. Uli's got a grin oan his face like some cunt that's proud ae shaftin his mate.

So it wis a four then?

Didnt ah tell ye.

As faur as ahm concerned, it wisnae.

Whit d'ye think, Goalie? Hiv ah a hope in hell?

A hope in hell ae whit?

Gettin ootae aw that. Givin them up.

Naw.

There's a pause an' Uli looks at me like some cunt ye hivnae seen fur ages.

How ur ye sayin that, Goalie? How ur ye jist gi'in it fuckin 'naw' like that? How ur ye naw sayin you managed an' so ah kin manage an' aw?

Ah dont know eether. Stop askin stuff like that! Get well again first. Then we'll see whit happens.

But you managed but.

Give over. Ahv naw got anywhere yet. Disnae matter anyhow. Dont be goin oan aboot it. Ah dont want tae talk aboot it. Ahv a heidache.

Thanks fur comin.

Ah'll come again themorrow.

See ye, Goalie.

See ye.

Ah feel sorry fur Uli. Course, it's his ain fault. There's naw a single junkie in the world ye need tae feel sorry fur, naw a single wan. At the same time but, if yiv grown up wi wan, kin tell the same stories, if ye discovered the same streets at the same time, made the same mistakes thegither, it gets ye wonderin. Okay, so Uli's a junkie, there's nae two ways aboot it, he's an auld mate an' aw but, a kinda friend, ye can't jist ignore that either. Certainly naw, if ye think back tae oor schooldays when he wis the coolest cunt in the playgroon, hid the coolest hair, the coolest leather jaicket, the coolest moped. Nae other cunt kid pull like he did. If ye add aw that up an' look at the wey he is theday, ye hiv tae feel sorry fur him, nearly.

Ah feel sorry fur masel an' aw like. Sadly. Self-pity's the lowest ye kin fuckin get. Start feelin sorry fur yersel an' ye might as well fuckin give fuckin up.

A few days later, Gross, the plain-clothes cop turned up oan ma doorstep, in that same grey newspaper reporter's jaicket he's aye wearin, an' they glasses that aye mind ye ae the communist block, ah mean: they secret agent films that aye hiv folk fae commie countries in them. The secret agents in they films – the commie wans – aye wear glasses like Gross. He looked as if he hidnae much sleep last night. He's known me furra long time, this plain-clothes cop. Wiv helped each other occasionally. We're a bit ae a double-act awready, jist aboot, Gross an' me. Naw, it's right enough, we work thegither pretty well, it's jist: he gets a significant monthly wage fur whit he dis an' ah get the occasional backhander if ahm lucky. He wisnae here cos ae oor teamwork this time but. This time, he wis totally fuckin fizzin.

So yir back in business again, Goalie. Didnae take ye long, eh?

Forgive me fur sayin so, Herr Gross, ah dont want tae make nae fuss – if ye compare whit ah get oan payday tae whit you get but, an' if ye add yir pension oan an' aw the paid holidays, ye'll see which ae us two is in business an' who isnae.

If ah wis you, Goalie, ahd keep ma patter in check so ah wid.

An' whit if ah tell ye ah hivnae done nuthin? Look at me, Herr Gross, dae ah look like a gangster? You've a guid nose fur folk. You're a guid judge ae stuff like that.

Ah'll be expectin ye at the station at hawf eleven themorrow.

So Pesche fuckin squeaked. Fuckin rat. How dis the cunt hiv tae bring ma name intae play, jist cos some cunt stashed some drugs in his shitin pub an' the cops heard aboot it? Cunt mentions ma name jist so he kin say he's answered their question. Total fuckin tube.

9

Ahd tae make a statement at the station an' sign it. Gross, the plain-clothes guy, wis furious: thought ah wis lyin through ma teeth. When ah held ma haun oot but as ah wis leavin, he took it, shook it an' gave it: guidbye an' thanks an' aw that.

Mibbe Gross wisnae furious at me at aw, but at himself – cos he'd the kinda joab he his: gets tae spend long eftirnoons wi the likes ae me discussin a few fuckin grams. Tae think ae aw that talent! He kid be daein summit mair meaninful wi his life.

Okay, so if yiv hid enough run-ins wi the polis an' the judges an' the authorities an' the like, it disnae fuckin matter any mair whether yir tellin the truth or naw. Nae cunt's goney believe ye any mair anyhoo, cept mibbe yir cat – if yiv got wan, that is. Cats ur the only fuckers that still believe ye: believe that ivry time ye come hame, yir goney feed them.

Anyway: ah lied tae nae fuckin cunt. Ah tellt Gross that an' aw. The truth's always relative, ah went. An' if some cunt says: Goalie, be honest tae me noo, ahm bein honest tae you arent ah, ah aye ask first whit exactly he means by that.

Whit's honest? Is it honest if ye say tae some cunt who his a really ugly rash oan his face, eh excuse me, yiv got a really ugly rash oan yir face. Is that bein honest? Lookin at it objectively, it mibbe is. At the same time but, it's totally fuckin unnecessary. If some cunt assures me, afore he gets tae the point, that he wants tae be honest wi me, that he's aye fuckin honest, summit goes *ping* in ma brain, an' ah tell masel, watch oot, Goalie, it's wan ae they honest cunts, get ready, mate, all hell's aboot tae break loose.

It's the same thing wi the truth. If ah tell Gross, the plain-clothes guy, that ah personally hiv fuck-aw tae dae wi the few grams they found at Cobbles, then that's ma truth. Course, there's mibbe anither truth an' aw: course, ah fuckin know whose they kid be an' who – in the Fog – is a drug dealer an' how much business they dae an' whit the street value is an' where they get it fae an' aw that. That much wis clear, it wisnae whit we wur talkin aboot but. Course Gross knew that an' aw, whit wis he goney dae aboot it but? Stuff dis get shifted here, aye – an' he's chasin the crumbs an' if he dis actually catch some cunt, it's probably jist some layaboot who wisni smart enough. See even the wans, the wans jist wan level higher than the tubes oan the bottom rung but – Gross cannae get near them, even.

Ye know summit, Goalie.

Ah know less than nuthin, Herr Gross. Ahm extremely sorry, that's the wey it is but.

Dont gi'e me any ae yir crap, Goalie. Ah know ye know summit.

Ah know ah kid kill a coffee an' a smoke.

If ye tell me whit ye know, ah'll get them tae fetch ye a coffee. An' mibbe ah'll make an exception an' let ye smoke in ma office.

If ah knew summit, ahd hiv tellt ye it long ago, Herr Gross. Ah widnae want ye hivin tae dae overtime cos ae me, whit wi yir wife awready waitin fur ye, wi the dinner ready. Ahm naw comfortable eether wi the thought ae ye bein late an' disappointin yir wife cos ae me. Bet ye, she's an amazin cook an' aw.

Gross his tae stop himself smilin. Mon, Goalie, go fur it, jist tell me the truth jist. Cannae be that hard, can it?

Which truth dae ye want tae hear?

There's only wan truth.

That's a bold proposition, Herr Gross. Will ah tell ye summit? See when we played fitba as schoolboys, back in the day, o'er at the Reitplatz, we used tae use oor schoolbags as goal-posts. How often dae ye think – when a shot wis waist-high, say -we didnae know hid the baw went in or naw?

That wis in! the guy whose shot it wis wid say.

Naw, it hit the post, whoivver wis in goal wid answer.

Aye, the inside ae the post an' then it went in, the first guy wid make oot.

Naw, it hit the post an' went oot furra bye-kick, the keeper wid say.

Baith o them wur tellin the truth as they seen it. Yet they accused each ither ae bein bare-faced liars. Untruthmongers. It wis a problem wi the truth, that. It wisnae their fault but. Naw, it wis the fault ae the council that widnae think ae pittin up a couple ae real goal-posts fur us weans back then. That's how oor generation nivver achieved fuck-aw. When it came tae sport, at least. That's a truth an' aw. Know whit ahm sayin?

Wance again, Gross hid tae stop himself laughin, ah reckoned. Then he got aw serious but again. Ye talked nuthin but shite the last time ye wur here an' aw. It didnae get ye anywhere but. If yid at least behave normally when ye wur in wi me – at least a bit, at least – ah kid mibbe help you. Honestly, Goalie. Know summit? Wi you, ah aye hiv the impression yir coverin fur someone else. Ye think yir morally obliged tae or summit. There's wan thing ye hivnae unnerstood but, an' that's: the guys yir coverin fur hiv nae morals. They're laughin up their sleeves at ye.

Oho, Herr Gross, that's Manitou speakin noo. Lord hiv mercy. If we want tae discuss morals but, we first need tae think aboot whose morals we mean. Ur we talkin aboot the morals ae the wans that invented the bloody things in the first place, or the morals ae the wans who end up payin fur ither folk's morals?

At that point, he lost his patience wi me an' said ah wis tae sign the statement an' go. We'd be hearin fae each ither.

Okay: guidbye, in that case, Herr Gross. Thanks fur yir patience.

Bye.

Here's anither truth while we're at it: try leavin the police station in the Fog in daylight wi'oot any cunt seein ye who knows ye. Naw, yir right: for-fuckin-get it.

Hello, Frau Hofstetter.

Hello, Goalie, how's things?

Guid, thanks. Things ur guid. Always on the go. Ahv jist been pressin charges.

Ye dont say! You? – Yiv filed a charge?

Aye, that's whit ah done, ah filed it.

Course, nae cunt'll believe ye when ye say that. That Hofstetter wan definitely willnae. She's the last person who'd think anythin guid aboot me. Whit kin ye dae. Whit will ah dae? Nowt. Jist dont think aboot it.

Aw that shite meant ahd tae leave ma work an hoor an' a hawf early an' aw. Sorry, but nae cunt's goney pay me fur that time, ur they? An' goin back in thenoo, tae show ma face like, is fuckin pointless. So ah jist leave it jist.

Ah hitch-hike tae Olten insteid. Olten's a sad toon, a really sad toon. It's a bit better than the Fog but cos in Olten naw ivry cunt knows me. It disnae bother me if a toon's sad. Oan the contrary. Toons ur like stories, the sad yins urnae always the worst.

Eftir aboot hawf an hoor, a Renault finally stops tae gi'e me a lift. Guy looks like a teacher. Later but, when ahv been talkin tae him a bit, it turns oot he isnae. He's a rep furra watch-makin company in the French-speakin pairt. Someone who says he occasionally gi'es folk lifts cos it's borin aye bein oan yir ain in the car.

Ah kin take ye as faur as Rothrist. Then ah hiv tae take the motorway.

Great. Merci buccups. As faur as Rothrist is magic. Then ah'll take it fae there.

It's guid craic, listenin tae a French-speaker tryin tae speak German.

In Rothrist, ah wait ten minutes, max, then a jeep gi'es me a lift, a Cherokee. The woman drivin it his quite a few jewels oan her fingers an' is pickin her daughter up fae ballet in Olten. Wisnae much aulder than me, her in the Cherokee, mibbe even younger. She babbled oan a bit, ah wisnae listenin but, wis jist givin it 'aye' aw the time an' thinkin ma ain thoughts. When ah looked at her, ye see, wi aw her expensive jewellery an' her fine claes, ah realised ahm auld enough tae hiv daughters an' aw that wid go tae ballet an' hiv tae be taxied to an' fro. An' that ahd mibbe then hiv a jeep like this an' aw an' a very smart wife who'd hiv time tae chauffeur oor daughters aroon an' tae give lifts tae hitch-hikers an' who wid babble oan as much as this yin did. The thought ae aw that wisnae pleasant but.

Ye kin let me oot here. That's perfect.

Ahm naw allowed tae stop here. It's nae waitin ivrywhere. Whit's that aw aboot? Soon aw car drivers'll be allowed tae dae is pay fines an' taxes. An' godknows: the polis hiv better things tae dae. Jist think ae whit ye see oan TV. But naw but: it's only ivver the drivers they're eftir.

Yeah, naw ah jist meant: fae here oan in, ye kin drap me aff anywhere. Great, thanks a lot, ta very much, bye.

Where she drapped me aff, they're aw oot even this early in the evenin. Women fae here. Women fae countries further east: Austria, Russia an' the like. Women fae Africa. Women fae ah-don't-know-where.

Course, it disnae matter sae much whether yir fae here, or elsewhere, dependin oan yir joab. Yir foreign anyhoo. Ahv known mair than wan woman who's been active in this business. Ah dont want tae go oan aboot it. If yir oan drugs, there's stuff yir prepared tae dae. Course, they're naw aw addicts. A few dae it fur ither reasons. There's nae shortage ae reasons. There's nae shortage ae guys eether that'll pay money even tae get a sniff ae a woman. The joab widnae exist itherwise. Ye shouldnae judge that kinda thing. Presumably that's honest an' aw. An' there's mibbe even worse ways ae bein honest. Whit ah want tae say but is: suddenly yir oan this street in Olten an' ye see the women an' ye see the limos that pull up an' a woman gets in or disnae, an' it gets ye thinkin, thinkin aboot aw the women yiv hid an' the wans ye hivnae an' the wans yir nivver fuckin goney. Then ye think ae the women who've tellt ye aboot bein oan the street. An' then ye clock aw the things that kin happen in an evenin oan a patch like this. An' then ye wish ye'd nivver left yir hame village an' it wis still yir childhood an' ivrythin wis still the wey it aye used tae be when yir maw sang ye tae sleep or yir faither tellt ye a bedtime story an' then turned the light oot, an' ivrythin ye knew aboot life, the hale fuckin loat, still fitted in yir heid still, yir beddin smelt ae fresh soap an' mibbe a bit ae you an' fuck-aw else.

Olten his better bits than this. Ah got masel away fae there. Ah went tae play pinball wi some ae the cash ahd saved oan the train ticket.

Nae idea whit like it is fur ither folk, see me but: ah kin pit a two-franc bit in, then keep playin till ma wrists faw aff. Staun me in front ae any machine an' eftir the first three baws ahv it sussed an' ah'll guarantee ye that wi the second three ah'll win a free go.

Ma favourites ur the auld machines that talk tae ye. *Hit Gate One! Hit the Multiball Target! Well Done, Player One! Go for the Jackpot!*

Wi they yins, ah aye imagine a wee man inside, a cute wee dwarf sittin there who kin speak dead-good English an' who likes ye an' wants tae help ye, jist cos he dis.

There's nae cunt tae help me but. Nae wee cunt an' nae big cunt eether. Naw even me masel kin help me.

Ah take the train hame an' at the station in the Fog, ah hiv a few mair beers wi the jerks who ur aye sittin there, hivin a beer an' waitin fur time tae pass. They're probably quite happy at that cos, sooner or later, time always dis pass.

By the time ah hit the sheets, ahm feelin guid-tae-really-guid again.

10

It wis a fortnight, jist aboot, afore Regula started speakin tae me again.

Ah called her a few times an' talked tae her, swore ahd nowt tae dae wi aw that crap at Cobbles an' that ahd left anythin even remotely tae dae wi drugs behind me, part fae the fact ah know Uli an' Marta, ye cannae dae anythin aboot that but can ye, cos friends ur friends an' they two wur the only two ah hid, ahd known them since nursery, an' wid she, Regula, please fur-fuckin-chrissake believe me please, even the fuckin polis believed me, an' it wisnae as if that didnae tell ye summit if ye stopped tae think aboot it etc.

An' then she said awright then an' that she wis goin iceskatin oan Saturday wi her wee godchild an' ah kid come alang if ah wantit, that wey we kid skate a bit an' talk an' she'd treat me tae a hot punch, it wid dae me guid.

It wisnae bad tae start wi. Ah hired a pair ae skates an' kid tell right away ah wis still naw bad at it. Like smokin, it is: if, at some point, yiv learnt how tae dae it, ye nivver really forget. Then but, when we let her wee godchild skate aroon oan her ain a bit an' we jist stood at the side jist, she wis suddenly wantin tae know again, Regula, how it wis ahd done time.

Know summit, Regi, ah dont like talkin aboot it. Mibbe but, at some point, in Religion or at Sunday school, someone tellt ye whit a scapegoat is. The auld Israelites piled aw the junk that wis burdenin them ontae a goat – symbolically, of course – then chased it oot intae the wilderness. So the goat's oot in the wilderness, wi aw the sins an' lies an' crimes ae humanity oan its shooders, cannae find anythin tae drink an' so it dies ae thirst an' nivver comes back of course, dis it, an' the people aw rejoice, gi'in it: this is guid, noo it's guid, noo aw that junk's been left behind in the wilderness. As fur us, wiv been liberated. Guid oan ye, scapegoat!

That's roughly whit happened tae me an' aw, cept ah ended up bein the goat though ahm naw an effin goat an' ma wilderness wis in among the lakes – the Joke, tae be precise – an' nae cunt ivver gave it 'guid oan ye'. The opposite, in fact.

Wis ah suggestin ahd done time fur ither folk an' if so, how hid ah? An' fur who?

Ye see, Regi, those ur the very questions nae cunt's intristit in any mair. That's how ah tend naw tae talk aboot it.

But ah ahm, Goalie. Ahm interested, Regula said.

Ah pit ma airm roon her – tae make things a bit mair intimate like – afore ah opened up. Jist ma luck but: at that very moment, her wee goddaughter hit the ice, so tae speak, then made an immediate beeline fur her, cryin her wee eyes oot cos she'd hurtit her knee or shin or summit. So we'd tae change the subject.

Eftir the skatin, she took the wean back tae her sister. Ah went wi her an' asked wid she let me treat her tae her dinner.

Ur ye back in the money?

Widda hiv asked if ah wisnae? It's naw as if we need tae go tae a five-star joint, is it. We kid go tae ma place, fur instance, an' ah kid cook her summit.

Buddy's expectin me but.

Ah let oan ahd tae work oot who this Buddy guy wis. Then suddenly gave it: och aye, Buddy, ahd forgot aw aboot him, jist aboot. Buddy! How cant ye jist forget him?

She'd nae immediate answer tae that, an' that pleased me in itsel cos if ye cant come up wi reasons fur how ye want tae be wi someone, that mibbe means that relationship isnae daein it any mair fur ye. An' that ye shid mibbe think aboot cawin it a day. Ah didnae actually say it, ah knew but – gi'en hawf the chance – ah kid get used tae the idea.

Ah lost the place a bit that evenin, hiv tae admit. Wis a late night wi Stofer at the brewery. Stofer's a poor bastard. A naw-very-successful runner ah know fae afore an' aw. It wis obvious, even at school, he'd hiv a hard time wan day: he wis bein tormented even in they days. He's hardly any friends, Stofer. Pesche takes care ae him occasionally, Uli did when he wis still able tae, an' there's mibbe anither two or three guys like that. That disnae mean but ye hiv tae stay in the brewery aw fuckin night, listenin tae aw they stories an' knockin that many jars back. Stofer's someone but who makes me feel sorry fur him, mibbe even wrongly, cos there's probably fuck-aw reason tae feel sorry fur him an' if there is, ma feelin sorry fur him isnae goney help him fuck-aw.

Least ah kin say ahv nivver owed Stofer nuthin, an' he's nivver owed me owt. That's naw naw sayin nuthin eether. Ye cant say that ae ivrybody.

Know summit, Goalie, ye need tae pay mair attention tae yir karma. A loatae karmic matter his come intae contact wi yir soul. That only means but: yir also able tae carry it. If yiv guid karma, it disnae matter whit's happened in the past. Aw ae that's wiped oot. Aw that coonts is the path that leads tae yir inner centre. Know whit ahm oan aboot?

It's naw, ah dont like Stofer. Methinks sometimes but, ahm gradually gettin tae an age when ye cant always blame ivry cunt else. Whit dis ma nut in sometimes wi Stofer is aw the borin fuckin esoteric gibble-gabble he's constantly comin oot wi. Ahm sorry but: karma, matter, spirit, reincarnation etc, aw that might be nice 'n' intristin fur folk that ur intae that kinda thing, see me but, ahv come intae this world a few times awready, an' by that ah mean: intae this here fuckin life. Ah tellt Stofer that an' aw. Listen, Stofer: see if yiv come intae the world as often as ah hiv, ah went tae him, aw this reincarnation fuckin stuff offers ye fuck-aw hope. Keep it tae yir-fuckin-sel, wull ye.

Ah know, there's nae need tae tell me, ah know ma arguments wur a bit super-fuckin-ficial. That fuckin said but: eftir four fuckin oors in an ale house, four oors ae listenin tae inner centres an' transmi-fuckin-gration, four oors ae Stofer lecturin me an' knockin back as many jars as we done, ahd like tae fuckin see the cunt who wid want, or wid be able, tae argue mair differentiatedly.

Know whit, Stofer? Seein as that tongue ae yours is in full fuckin flow, use it tae order me a beer, will ye.

Aw ae a sudden, in the middle ae aw this pseudo-intellectual babble aboot spheres an' weltgeist an' karmic matter, wee Stofer says he's inherited a hoose, by the way, doon in Spain, in a village oan the Atlantic, an auld mansion, fae his uncle. It wis auld, but big but, thick solid stone walls an' that. An' if ahd ivver the time an' felt like it, we kid take a trip doon thegither.

Course, ah thought right away ae that book ahd been readin, boot the two guys who inherit a hoose, somewhere in America, the South. Ah minded an' aw that things didnae aye go well fur them, wance they hid the hoose. Ah tried tae explain it tae Stofer. It wis pointless. Cunt nivver reads – an' certainly naw novels. At maist, he looks at they ghost stories ye kin buy at kiosks, or else aw that reincarnation crap ae his. That kin come in book form an' aw. They're naw whit ahd caw books but.

Whit's that yir sayin? Yiv inherited a hoose?

Didnt ah jist tell ye.

Fae an uncle?

An uncle, aye.

In Spain?

Spain, aye. Oan the Atlantic.

A guid hoose? Is it in guid nick?

It is, aye.

An' it belangs tae you?

Isnt that whit ahm tryin tae tell ye the hale time? Ur ye naw listenin, Goalie?

Obviously, aye: ah thought aboot it a lot oan the way hame. How dis Stofer, ae aw folk, get tae inherit a shack? Or wis he so fuckin high, he didnae realise the shite that wis dribblin ootae his mooth again? How wid ye make summit like that up but? Ye dont make shit like that up.

Widnae be bad anyhoo, that's fur fuckin sure: a bit ae Spain again, a bit ae seaside an' olive trees or whitivver kinda trees there is aroon there an' above aw: the diffrint sounds. It's ages since ah went somewhere. An' the Fog here, if ye examine it closely, is hardly the kinda place tae gi'e ye that we're-aw-goin-oana-summer-holiday kinda feelin.

It's still a bit strange but that Stofer's nivver mentioned the possibility he kid inherit summit at some point. Hisnae even mentioned he's got relatives in Spain. Stofer wi a hoose in Spain? Sounds kinda odd. An' as ahm thinkin that, ma thoughts start blendin wi images fae holiday brochures – beach, water, sun, water, beach – an' at that, ah doze off.

11

Did ye hear Eso Stofer his inherited a hoose doon in Spain? His uncle died, apparently, an' left the hoose tae him.

Uli's still oan wan ae they drips. Least the colour in his face is back a bit.

Aye, he says, ah know.

Eh? Ye knew? Ye knew he's inherited a hoose oan the Atlantic an' ye didnae tell me? Whit's wrang wi ye, mate? How come ye didnae tell me?

He tellt me when ye wur in the nick, ah think. Ahd forgot again, practically, in the meantime. If ahd minded, ahd definately hiv tellt ye.

Fuckit, Uli, ye shoulda tellt me right away. We'll need tae go. That's where oor next holiday'll be. Think aboot it: Spain, the sea, the sea wind. The cured ham they hiv doon there, an' then the dry sherry an' the grilled sardines an' aw they things pit thegither!

He didnae want tae think aboot things like that right noo. Leavin aside the fact he didnae know hoo much longer he'd be in here.

So ye knew Eso Stofer hid an uncle in Spain? Ah cannae mind him ivver mentionin him.

Naw, ah think ah did know that, aye, somehoo. Pesche

mentioned it wance, ah think. Ah cannae mind right.

Which Pesche? The Cobbles yin?

Aye, exactly: him! Or mibbe it wis some ither cunt, ah dont know any mair. Stop askin sae many questions, Goalie. Ahv a buzzin noise in ma heid an' it's naw goney get any better if ah keep hivin tae answer questions, is it.

It's as if Uli's pretendin he's naw intristit in aw this. It disnae exactly surprise me. He's behavin a bit like Regula recently when ah phoned tae ask whit the story wis wi the stuff they found in the toilet at Cobbles. Regi spoke an' aw like someone who's talkin wi'oot really focusin oan whit they're sayin, who's thinkin ae whit kid happen next as they're talkin.

Away tae fuck, Uli! A hoose ae yir ain at the seaside! Ah hope he disnae go an' dae summit stupit wi it. Ye kid imagine Stofer daein anythin, jist aboot. He kid hiv the idea suddenly tae set up a Soul Centre wi joss sticks an' a Reincarnation Library, the works. He's capable ae haunin the hoose o'er tae a guru or some kinda movement. Ahd nivver hiv thought it, this hale hoose thing is makin me nervous but.

Dont make such a big thing ae it, Goalie. Mibbe the hoose is nuthin but a ruin nae cunt kid ivver live in. Ye know whit wee Stofer's like.

Exactly, ah know whit like he is. Know almost too well. By the way, Uli, whit d'ye think: if ah open the windae a bit, kid we mibbe hiv a quick fag in here? Worst they kin dae is complain.

Smoke if ye want. Oan your heid be it but.

We left it in the end, cos ae the guy in the bed next tae Uli. Hooked up tae an oxygen machine he wis. Didnae want tae risk him freakin oot. He kidda been a former smoker but, who widda been pleased tae smell the smell ae smoke again. It wis possible anyhow. Ah jist didnae want tae risk it.

Ah dropped ma voice a bit an' asked Uli hid he heard they'd found summit recently in the gents at Cobbles, a wee stash, an' that they'd went straight fur me, the cunts, though ah knew fuck-aw aboot it.

Naw, he didnae know.

Did Marta naw say nuthin?

Naw. It's new tae me.

So, in that case, ye dont know eether whose sugar it wis?

Naw.

Ye realise Gross, the plain-clothes guy, suspected me at first? Fortunately, he's wan ae they guys that occasionally believe summit ye tell them or ahd be in even deeper fuckin shit.

Gross isnae clean himsel, ye know.

That's naw true. He's clean enough, Uli. There's ither stuff ye kid accuse him ae, he's definitely cleaner than you or fuckin me but.

Comin tae the defence ae a cop, Goalie, eh?

Ahm comin tae nae cunt's defence. Ahm jist sayin it's naw the drug squad officer's fault if dimwits like Pesche start spreadin the rumour ah stashed sugar in his bog. That's how ahm sayin whit ahm sayin. Nae fuckin cop on the planet widda believed someone like me when ah said ahd nowt tae dae wi it. Gross believed me but. He believed me.

And did ye naw like?

Furfucksake, Uli, ye testin ma fuckin nerves or whit? Ah didnae, naw, an' ah widnae eether.

An' whit wis Gross sayin? Who done it if it wisnae you?

Whit wis he supposed tae say? That he wis keepin a

closer eye oan this wan or that wan? D'ye think the drugs squad's goney haun me aw its intelligence oan a plate or whit? Dont fuckin rile me, Uli. Dont fuckin go there.

Ahm sorry, Goalie.

It's awright.

Ah stayed anither fifteen minutes mibbe. Thought aboot how odd it wis, a hospital like this, a place like this, makin folk well again so they can get hame ASAP an' catch new illnesses an' hiv new accidents an' so oan an' so oan an' it nivver endin. We aw die at some point anyhoo. Then the next loat come alang – Mother Nature sees tae that – wi their appendicitis, slipped discs, heart attacks, hepatitis etc. Naw that we're intristit in any ae that: we're deid eftir aw, as deid as ye can be, i.e. definitively, probably, even if ye kin hardly start tae imagine whit that involves. That's the only reason aw they religions exist. An' guys like Stofer – who wonder whit's behind it aw, behind life, an' cannae accept it's mibbe absolutely nuthin that comes next, i.e. a vacuum, eternal fuck-aw, a big black hole.

Take that fuckin face aff, Goalie. Folk'll think yiv grief at hame.

It's awright. Ah wis jist thinkin aboot whit ahv still tae dae an' that. Ah'll need tae be goin. Ah'll be back but.

Kin ye see if there's anyone in the corridor who kid get me a coffee?

Yeah. Ah'll look an' see. Bye, mate.

Fur the next few oors ah wis full ae go, strangely. Wis almost as if ahd inherited a hoose in Spain masel.

Ah imagined whit like it wid be tae be sittin doon there, oot in the heat, in wan ae they white linen suits that lets the air in aboot ye, wi a panama hat on yir heid an' a glass ae dry sherry in yir haun an' a few olives as ye relax in wan ae they basket chairs ye sometimes see in they brochures, or in photies ae the holiday hoose ae some rich cunt. Imagine jist sittin there, in the shade ae a veranda. Nae stress. Imagine jist bein there, enjoyin the warmth an' watchin the sun tracin its arc, an' that's aw yiv tae dae. Fuck, wouldn't it be great tae dae aw that again.

12

Sometimes, fur days oan end, ah cant get the bastarn Joke ootae ma heid.

Why ah got the jail, ah hardly know masel, actually. Regula's naw the only wan who asks. Sorry but: how ahm ah supposed tae explain it, if ah cannae explain it masel?

It wis aw pretty complicated back then. That kinda thing nearly always is. An' that's whit the judges nivver seem tae grasp – tae want tae grasp – an' if they dae, they ignore it.

It wis tae dae wi money, quite a loatae money. An' quite a loatae junk they claimed belanged tae me, that didnae but. It wis also tae dae wi a trip ah played a role in – true – a very diffrint yin but fae the role that judge in Aarwangen decided, in the end, ahd played.

It wis Uli, actually, who dug ma grave fur me. He wantit me tae go an' collect a friend ae his in ma old banger. Guy'd be waitin in Pontarlier fur me, at the foot ae the Jura.

How dis he naw jist take a train, this friend.

He's nae money.

Aha. An' how wis he, Uli, naw goin tae collect him himsel?

Nae time.

Aha. Is there summit naw kosher aboot this?

Mibbe summit wisnae wan hunner percent kosher aboot it – ah kid be right there.

Did he naw mind me sayin wance that ahd dae ma thing an' he'd dae his an' it wis better if they stayed separate?

Aye, an' that wis right enough, normally. But if ah did him this favour but an' drove tae Pontarlier an' brought this friend hame, there'd be summit in it fur me. Five thoosan. Cash. In ma haun.

5k? That's a loat. Such a loat, yir better naw askin too many questions. An' it's naw as if ahm askin any!

So ah went an' got him, stupit fuckin cunt that ah am. A Frenchman or Arab or summit. Hippie type. Naw a real hippie but. Awkward, it wis, right fae the start. So ah met him in Pontarlier. Only spoke French, the guy did. How wis Uli. An' how wis wee Stofer. How wis Pesche.

Did he know wee Stofer? Did he know Pesche?

Only through Uli.

An' as we talk, ah kin see he knows hawf the Fog. An artist, he wis, a painter. Then he spun me some kinda yarn. His wallet hid been nicked, his ID an' cash, an' as he totally needed tae get tae the Fog, he'd phoned Uli. It wis really crucial he got tae the Fog. An' it wis fantastic ahd come fur him. His story mibbe seemed totally logical tae him, tae me it wisnae at aw. Ahv been hingin roon faur too lang wi folk that ur constantly tellin ye that kinda story tae believe them. It's naw that ah dont want tae hear them any mair. Ah like tae hear folk reinventin their lives. The wan thing that bothers me is when some cunt also wants me tae believe it aw.

Why'd he sae many bags, ah asked the Frenchman. Wid it naw be easier tae take fewer – bigger – bags? It aw depended on whit ye wur usin them fur, he laughed. Fur him, it made mair sense jist tae transport his various diffrint things in various diffrint bags.

Ah pit aw his bags in the boot an' we drove via Les Verrières, Neuchâtel an' Berne tae the Fog. Ah wisnae in the mood fur talkin. He didnae seem tae be eether so we jist sat there, sayin nuthin. Ah pit a bit ae Dylan oan. We'd hardly reached the Fog when he wis thankin me an' sayin ah kid drop him aff noo.

Where'd he want tae get tae exactly? It didnae matter, ah kid jist drop him aff at the station. He took his bags, left wan lyin in the boot but. Mustnt hiv seen it. Slipped unner summit, it hid.

When ah seen the next day he'd naw taken aw his belongins wi him, ah took the bag up tae ma flat. Still livin in Aarwangenstrasse, ah wis at the time. Anither day later, the Frenchman dropped by: he'd left wan ae his bags in the boot. New tae me, ah went, ah didnae notice nuthin. A spontaneous impulse, it wis. Ah kid jist as well hiv said tae come up wi me, the bag wis up in the flat an' jist tae come an' get it. Fur some reason but that hid fuck-aw tae dae wi ma heid an' a loat tae dae wi ma stomach, ah wantit tae lie tae the cunt.

We went tae the car tae see. Nae bag. The French guy went aw serious, threatened me: if the stuff didnae turn up, ahd hiv an even worse problem oan ma hauns. Ah remained totally cool but, didnae bat an eyelash, gave it: ahd nae idea whit he wis oan aboot an' wis that the fuckin thanks ah got fur pickin him up in Pontarlier. Ahm shite at lyin normally. Ahd started but, so ah finished. Lyin's summit that sometimes works an' sometimes disnae. Oan that occasion, it wis goin really well. Naw that it helped me any. The French guy gave it: ahd be seein a lot mair ae him, an' ahd live tae regret it. *Regretter* wis the word he used an' ah hiv tae say: in his ain language, it sounded fuckin dangerous. As bad as in the Edith Piaf song, nearly.

That same evenin, the drug squad turned up. Gross wis the ainly wan ah knew. The ithers wurnae fae the Fog, wur fae elsewhere, Berne probably, wans ahd nivver seen afore anyhoo. They came wi a dug. A beautiful dug, it wis, a Labrador, ah liked it so ah did even if ah dont normally like dugs. They wur hardly in the door hardly when the dug went wild. Wis that ma bag? Naw, it wisnae, actually, it belonged tae a guy ah gave a lift tae recently. When he realised he'd forgot it, he'd be back fur it, nae doot. Who wis he? Name? Address? Ahd nae idea, like ah said but, he'll be back lookin fur it, nae doot. It went back an' forth like that fur ages. Me gi'in nuthin away that wid land some cunt in the shit.

The French guy didnae come back but an' his bag wis full ae sugar. As fur me, ah wis noo in deep shit. Nae cunt's goney believe such an idiotic fuckin story. Least of aw, a judge.

So yir expectin us tae believe this unlikely story?

Naw, believe whit ye want. Believe me but: if ahd a better story, ahd tell ye it. This is the only wan ah hiv but. Sorry.

An' later, at the trial in Aarwangen: His the accused owt tae add oan this point?

Too right, ahd hiv a few things tae add, naw hawf ah wid. The question's mair but: dis it make any sense at aw tae discuss aw this any further.

The lawyer they'd gi'en me, wan ae they worse-than-useless cunts appointed by the court, whispered intae ma ear ahd be better sayin fuck-aw than comin oot wi that kinda shite.

Then you fuckin say summit, mate. You're the big fuckin professional here!

He kidnae mind us agreein we wur friends now.

If he wantit mair respect fae me, he wis goney hiv tae fuckin dae summit tae show his worth. His shiny wee leather briefcase an' aff-the-shelf tie wisnae cuttin it.

How'd ah come tae know this ominous Frenchman? the judge wantit tae know.

Ah tellt him ah didnae even know he wis French. Aw ah knew wis: he'd spoken French. Aw kinds ae folk kin speak French but. An' if someone spoke English, fur instance, it didnae mean he wis English necessarily. Tryin tae distract him, ah wis. Ah didnae want tae dig a hole fur Uli an' aw.

Ye hivnae answered ma question. How'd ye get tae know this stranger in the first place?

That's jist it: ah didnae know him. If ahd known him, ahd hiv tellt him tae look fur anither driver. Ahm too much ae a big saftie jist, probably.

Kin the accused tell us how, in answer tae each an' ivry question, he tells us aw a wee story, wi'oot gi'in us the full picture but. Wi'oot joinin the dots up.

Ye see, that's precisely the problem ah hiv. Ah kin only see the wee stories. Ah hivnae got whit it takes tae dae a bigger story. Wi a beginnin, middle an' an end. An inner logic ae its ain. An arc an' aw that jazz. Or ahm jist naw intristit in aw that cos ahm mair intristit in the wee stories. Ahm sorry if ahm naw gi'in ye whit ye wantit.

That'll dae, thanks. Ye kin sit doon again.

Tae sum up: at the trial, ah probably said faur too much oan certain subjects an' faur too little oan ithers. Ah jist wisnae smart enough. Ma super-lawyer hid tellt me time an' time again an' aw ahd get probation at maist if ah tellt them ivrythin fae the start an' above aw if ah didnae forget tae mention names. Ahd tae lay it oan the line, he said: ivry single name, aw the facts, aw nice an' clear. That wid then staun me in good stead so it wid.

You try but: staun up in court an' say, by the way, this mate ae mine wis involved an' aw, an' this ither guy too, an' this yin wis the maist involved, an' ah wis the least, an' blah blah blah blah. Naw. Ah mean ahm nae saint, nivver hiv been. Ye can say almost anythin ye want aboot me. Nae cunt kin say but ah ivver ratted oan someone in court. That's summit ahd nivver dae.

Mibbe there ur guys that dae, they're nuthin but poor cunts but, they've nae character, cos – as ma auld man aye said: if ye fuck up, son, staun up an' acknowledge it at least. An' if, on the hale, ah didnae learn a loat fae ma auld man exactly, ah at least hiv tae admit he's right aboot that wan.

There's nae point in goin oan too long aboot it. If ah ivver run intae that Frenchman again – or Arab, or whitivver the fuck he wis – ah'll take him by the scruff ae the neck. Ah'll be lookin fur a few explanations so ah will. Ahm sorry, a year's a year but. An' the Joke's nae fuckin joke.

Uli's gettin oot in a few days, then he's joinin wan ae they therapeutic residential groups tae get dried oot. Somewhere in the Emmental, it is. A residential group. Or a family. Ah didnae hear right when Marta tellt me. Ah jist hope it's naw fundamentalists that'll be tryin tae convert him. There's enough ae they cunts as it is, specially aroon these pairts. An' wi Uli, ye nivver know. Like ah said, he wantit tae be a theologian at wan point. Ah well, ah suppose, right noo, the main thing is he gets rid ae the hepatitis as best he can an' pits the maist ae the chaos behind him. Dont ivver underestimate the jaundice. If yir unlucky, it kin turn chronic.

When the time came, Marta asked did ah want tae go in the car wi them. The social worker, the guy fae the advice centre who wis drivin him, still hid a space in the car. Uli wid be pleased if ah came. It wisnae easy fur any ae us, eftir aw.

When ur yis gaun?

Saturday eftirnoon, aboot two.

Aye, ahd like tae, how naw? That means we'll get tae see an' aw whit the place is like. An' if Uli thinks it's aw a waste ae time, we kin take him straight hame again.

Dont say that, Goalie! He shid gi'e it a try, at least, even if he thinks – tae start wi – it's aw a waste ae time. He needs tae bite the bullet, furra few days anyhow. Emmenegger – his social worker – tellt him that an' aw. Tellt him tae gi'e it a try first. An' naw tae turn up thinkin he wis goin straight back hame again. It's a chance. Dae ye realise that? It's naw ivry day ye get a chance like that. An' if ye dont believe in it fae the ootset, well, it's nivver goney work, is it?

Ye kid be right, of course. It's naw me but ye hiv tae convince. It's Uli. It's Uli ye hiv tae convince.

That's true. If you dont help an' aw but – as his best mate – it'll be mair difficult fur me tae persuade him.

Sometimes ah think it's funny, almost, how sensible Marta kin be. Ah mean, if ye see her: reduced tae a skeleton, she is, an' loopy as fuck. Then she comes oot wi aw that patter, aw this conscientious stuff. A loatae junkies ur like that when ye talk tae them: they come across sae wordly-wise an' reasonable.

In Marta's case, it his its advantages. If she cannae look

eftir hersel, at least she kin look eftir Uli. An' yet, in her case, it aye sounds so fake-serious. Sometimes she's like a seven-year-old tellin her wee brother whit he's allowed tae dae an' whit he's naw. Like ah said but, a loatae junkies ur like that. They're constantly surrounded, eftir aw, by aw these social workers an' doctors an' therapists, the hale shop, an' end up comin oot wi aw the same patter. They jist seem a bit mair loopier.

Okay, Marta, like ah said, if there's still space, yis kin come an' get me at two oan Saturday. Ah'll be at hame. Itherwise, if Emmenegger causes any problems or disnae want tae drive by ma bit, jist gimme a wee phone an' ah'll come first tae where yous ur.

13

It aw worked oot perfectly an' at aboot six, we drove back fae the Emmental. Uli's first impressions wurnae so bad eftir aw. He didnae say a loat anyhow, an' he didnae make a fuss. An' this family he wis wi, these farmers, wurnae fundamentalists, ye kid see that right away, they wur used tae lookin eftir guys like Uli, knew the score, wur professionals kinda. It's okay tae caw them that cos lookin eftir junkies, fur some farmers, is jist anither kinda branchin oot. Some ae them fatten calves an' noo hiv rape fields. Ithers specialise in cheeses fae the Alps an' keep goats. An' ithers again take in junkies. They git grants fur aw they things. An' like ah said, Uli's first impressions wurnae so bad eftir aw.

Marta but wis greetin aw the way hame. A bit scared she wis, probably, naw knowin how things wid go. An' how long she widnae see Uli fur. Oan ye go, Marta, love. Hiv a wee greet jist. A guid greet's guid fur ye. Ahd greet an' aw if ah kid.

Ahd a glass ae wine wi her afore ah went hame. Jist the wan. Ah wantit tae finally tidy up at hame, ye see, an' listen tae ma music in peace.

This life ae mine kin be dead-dead strange awright. Whit ah wis tae experience later that evenin wis probably the best-ivver thing that kid happen tae me but.

Saturday night, eleven o'clock. Listenin tae music, ahd drunk masel intae a semi-kinda-trance so ah didnae know: shid ah jist hit the sheets or go oot an spread this wee rush. Door bell goes. Nae idea who it kid be, this time o night. It's Regula, tears in her eyes, an' she's shudderin an' shiverin. They'd hid a fight aboot Buddy's parents who wur due tae come an' visit oan Sunday. They'd talked aboot the visit. He'd accused her ae often naw bein nice enough tae his parents, ae naw makin an effort. He wis tellin her tae get her act thegither oan Sunday. She tells him his mother an' faither done her heid in: aw they constant wee hints boot them gettin merrit an' that. He tellt her tae watch whit she wis sayin aboot his mother an' faither. She kidnae give a toss aboot his parents. Then he says summit else an' she says summit else an' things git louder an' louder an' mair an' mair angrier an' then even mair angrier. Buddy, at some point, totally flips: his folks at least showed intrist in his life whereas hers showed intrist in fuck-aw. She tellt him tae shut his face. Mibbe, her parents wur insensitive or whitivver, aye. Least they didnae get on yir tits but like his. An' above aw: her parents wurnae so totally fuckin possessive.

An' then he gi'es it: Say it again! Gaun, say it again! Dare ye, say it again! – Totally fuckin unoriginal or whit. Those wur the jerk's very words but. Like some juvenile fuckin dickhead who – a lifetime fuckin first – his overdid the booze an' feels aw this Dutch fuckin courage suddenly. The hale time, aw she got fae him wis aggressive fuckin under-fuckin-currents. Buddy: Gaun, say it again! Dare ye, say it again! Tae begin wi, she laughed him ootae court, naw fur long but cos he twisted her fuckin arm. She's then fuckin oota there, leaves the flat, fucks off jist, him shoutin eftir her nivver ivver tae come fuckin back in that case, cawin her aw the names in the book, he wis. Threw her shoes an' handbag oot eftir her an' aw, the cunt did.

She tellt me aw that at the door, wi'oot staoppin fur breath.

Come on in, Regi, jist come in first, c'mon, sit doon, hang oan, ah'll jist shift they papers fur ye. Wha'd he dae? Battered ye? Buddy? Fuckin hell, fur real? C'mon, sit doon, please – relax, Regi. D'ye want a cuppa? Naw, wait, ah'll get ye a brandy, ahv jist opened wan, that'll be better than tea, disnae stain yir teeth. Noo, tell me it aw again, Regula. Take yir time. There's nae rush. Tell me whit happened.

She wis jist greetin by this stage, wisnae in a position tae say fuck-aw so ah said nuthin an' aw, pit some music oan an' jist waited jist.

Eftir a while, she asks fur a fag an' ah kin see she's still shiverin an' as ah look a bit closer, ah see her bottom lip's swollen an' she's a rid patch unner her eye that's gettin darker. Ah felt ma chist tightenin.

Christ, ah dont believe it – he hit ye in the face? Ye need tae report him tae the polis.

It's awright, Goalie. Ahm here noo. He cannae touch me here.

It's best ye report him. Ye nivver know wi guys like that. Ah know Gross quite well, the cop guy.

Jist leave it, Goalie. Forget it.

Wait, ah said, an' ah peeled some veg an' a few potatoes an' made a soup, wi some ae that Waadtländer sausage in it ah happened tae hiv still in the fridge, an' some leek an' carrots. She shid eat summit, ah tellt her. The maist important thing noo wis tae eat summit. An' she did eat.

When she'd hid enough, ah changed the bed an' said on ye go, ah'll sleep in the livin room an' we kin take it fae there in the mornin.

Ah widnae be able tae sleep yet, Goalie, ahm faur too nervous.

Disnae matter. Lie doon jist an' close yir eyes. Look, ahv got some Mellaril an' a few Somnitol Plus capsules. That'll help ye, ye mustn't take too much ae them but. Take, say, two Mellaril an' then two wee brandies. Then wait a bit an' if ye dont faw asleep, take two or three Somnitols, definitely naw any mair than that but, or it'll go fur yir stomach an' then ye'll definitely naw get any sleep.

She done exactly whit ah said an' hawf an oor later wis sleepin like a wee pet or summit. An ah wis sittin beside her, wonderin how come ye kin only be a nice guy wance some cunt's been a total cunt, like Buddy.

Tae get tae sit beside Regula an' watch her sleepin is life at its fuckin best. The nicest thing, probably, a battle-weary cloon like me kin even imagine.

14

Whit worries me is that Regula's the only wan, the only wan ae ivrywan ah know, who his nowt tae dae wi drugs an' aw that shit. An' nivver his hid, even if she works fur fuckin Pesche.

Ah think if ah want tae be in regular touch wi her, ah'll need tae watch ah dont drag her too faur in. Too faur intae ma world. It widnae be guid fur her. She hisnae it easy as it is. Wi a boyfriend like that, an' a fuckin boss like that.

Wance she'd went tae sleep, ah ate whit wis left ae the soup ah made her. Years ago, when ah wis a wee boy, if ahd a problem (an' ah swear tae fuck: ahd problems even in they days) ma maw aye said tae eat summit first, things wid look diffrint if ah stopped tae eat summit.

Even wance ahd eaten but, nuthin hid changed. Regula looked gorgeous an' innocent as she lay there dreamin, thanks tae ma Mellaril an' Somnitol. As fur me: ma immediate future didnae look too rosy: nae money soon, a woman in ma pit who wisnae mine. A few sick friends an' a mad desire tae run away fae aw that, anywhere, somewhere where it wis warmer an' quieter, preferably wi Regula if she ivver woke up. Course, she'd wake fuckin up, ah shidnae be thinkin like that.

As ah hiv anither fag, wee Stofer comes back tae mind an' how he wis boastin aboot inheritin a hoose fae his uncle, an auld farmhoose doon in Spain. An' how he said if ivver ahd time an' wantit tae, we kid head doon thegither.

Ah hiv tae be totally honest an' say: ah dont believe this hoose story ae his is completely kosher. Tae start wi, Stofer nivver ivver mentioned an uncle fae who he kid inherit a hoose wan day. An' if there wis ivver a cunt who tellt ye ivrythin, sometimes mair than ivrythin, then it wis wee fuckin Stofer. Secondly, if yiv a hoose like that, ye leave it tae a foundation fur poor weans or single mothers or summit like that – an' naw tae the worst fuckin runner in the Fog. Even if yir related tae the cunt.

Ah unrolled a mat in the livin room an' since ah kidnae find ma sleepin bag, ah used an auld winter coat an' a tablecloth as covers. Fae the bedroom ye kid hear Regula's breathin: regular. Even in her sleep, her eyes wur a bit funny, like a cat's nearly, or the ice-skater's whose name ahv forgot, who ah kin jist see but.

Part ae me wantit nuthin mair than tae close the door so as ahd hiv peace. At the same time but, ah couldnae know wis this goney be the first an' last time Regula slept at ma place an' so ah wantit tae be able tae hear her.

Tellin ye, ma nut wis spinnin, totally spinnin. Ma makeshift bed wis useless-as-fuck, ma nerves as taut as the cable oan the funicular up the Jungfrau. Ma thoughts wur daein whitivver they fuckin wantit wi me.

Yir a wuss, Goalie, ah tellt masel. How'd ye offer Regi yir ain bed an' jist say ye'd sleep in the livin room jist? Ye kid hiv waited aff a bit afore allocatin the fuckin sleepin accommodation. She'll end up thinkin yiv a problem wi women. Sayin that, if she dis think that, she willnae be far wrang. Ah dae hiv a problem. Wi her, that is.

Stuff like that wis whit ah wis thinkin as ah twisted an' turned oan this stupit fuckin survival bed, rememberin Sonny Boy, the tanned bastard in the sports shop who'd palmed the fucker oan tae me, an' whether ah wantit tae ur naw, ah kid feel masel startin tae hate the fuckin cunt.

Wi a self-inflatable mattress like this, ye kin sleep at two thoosan metres even, nae bother. It's the absolute best ye kin get at the moment. An' as ah said, it's guaranteed up tae two thoosan metres. Self-inflatable, breathable, thermoshield oan baith sides, still incredibly light an' compact but. Guaranteed: ye'll hiv nae bother wi it, up tae an' includin two thoosan metres.

How the fuck dae ye make that oot, arsehole? If ah cannae fuckin sleep, even doon here in the flat country? Mibbe ah shid phone ye thenoo an' ask whit exactly ye fuckin meant by guaranteed sleep oan yir super-duper mattress. An' whether ye kid yodel a fuckin lullaby mibbe while yir at it mibbe, ya slimy cuntin patter-merchant.

Later, ah minded that – as a wean – when ah kidnae get tae sleep, ah sometimes crept intae ma parents' bed, got in between the them an' imagined ah wis Baby Bear an' they wur Mummy an' Daddy Bear an' it wis hibernatin time, we wur jist hibernatin jist, so it wis aw cool, nae sweat, etc etc etc – an' ahd drift aff an' widnae hiv tae imagine any mair. That wis a trick ah wis really guid at as a wean: imaginin summit nice jist. Nae idea how an' why ah forgot how tae dae it.

Anither bit later, ah wis askin masel hid ah been a fuckin nutter tae gi'e Regula aw the fuckin Mellaril ah hid in the hoose. Ye needed a prescription fur the stuff. Tae replenish ma supplies, ahd need tae come up wi a story fur Dr Wydenmeyer. He might be a guid guy, Dr Wydenmeyer, he disnae fuckin jist haun stuff oot but.

When it got tae the point ah wis thinkin the night must be over, ah went intae the kitchen furra gulp ae water. Ah looked at the clock: it wis still only hawf past twelve. Ah thought the clock hid stopped. The wan oan the cooker wis sayin the same but – so ah hid tae believe it even if nae cunt kin believe how fast time kin fly sometimes, an' sometimes naw at aw.

Ah sat doon at the kitchen table an' made a hawf hearted attempt at a puzzle. Wan ae they advertisin things. Five minutes later, ah hid it. The word they wur lookin fur wis 'Nescafe Gold', so two words actually, nae need tae be pedantic but. Naw, it's awright, Nescafe Gold, ah thought, pourin masel a wee rum. A Havanna Club. It's got gold oan the label an' aw.

Away an' get some kip, Goalie, ah heard masel whisperin. Dae summit, Goalie. Gi'e Stofer a phone.

Stofer.

Hi, Stofer. It's me, Goalie.

Goalie, hi! Whit ye needin?

Naw, this is a private call. Naw business. Ahm makin a private call here, okay?

Ah dont gi'e a fuck why yir cawin, mate. Know how little a fuck ah gi'e? Naw a fuckin fuck, Goalie. Tell me but: how ur ye speakin so quiet?

That's the way he is, Stofer. He gi'es a fuck aboot fuck-aw, jist aboot. He disnae gi'e a fuck who ye ur, he disnae gi'e a fuck whit time it is, he gi'es a fuck aboot fuck-aw, except debts. Naw his ain, he disnae gi'e a fuck aboot them eether. See if ye owe him money but, he gi'es mair ae a fuck aboot that sometimes.

Stofer, hiv ye still that hoose doon in Spain?

How d'ye know aboot that?

Ye tellt me yersel. Jist recently there. D'ye naw mind?

Oh aye, so ah did. So why ye askin hiv ah still got it, ya stupit cunt? Why shid ah suddenly naw hiv it, if ah hid it the day afore yistirday still?

Ah dont know. Ye jist ask, dont ye?

Is that aw ye want tae know?

Can ah use it?

Use whit?

Yir hoose, man. Kin ah go there fur a week or ten days or summit. Ahd like tae take a look at it. Ahm interested jist.

Depends. Ahm goin doon in the Spring anyhoo. If ye want, ye kin come alang.

Naw, Stofer, ah mean noo. Kid ah go doon thenoo, fae themorra or the day efter themorra.

It's naw got proper heatin.

That disnae matter.

Hey, Goalie, d'ye know how cauld it is doon there? Naewhere in the world is it as fuckin cauld as in Spain in winter when yiv nae heatin.

Disnae matter. Ahv a thermoshield inflatable mattress. It works up tae two thoosan metres, guaranteed.

Come intae Cobbles themorra an' we kin talk aboot it.

Ahm naw allowed. Pesche, the cunt, his barred me. Fur his ain made-up reasons.

How?

Disnae matter how. That's jist the way it is jist.

In that case, eight o'clock at the Spanish Club. An' ah'll

clear things up wi Pesche fur ye. Realise, but, if ye want tae use the hoose, ye'll need a car. Ye kin forget it doon there if yiv nae car.

Ah hivnae got wan any mair.

Ye'll need wan but if ye want tae heid doon. Trust me. It's naw like here where ye kin aye use public transport.

So ah kin go then?

We'll talk aboot it themorra night. At eight. In the Spanish Club.

It's in the diary. Thanks, Stofer.

Nae bother, Goalie. See an' get a good kip. Ye need it, by the sound of it. Yir really naw soundin great.

You but ur soundin brilliant. Bye fur now, mate.

At some point ah fell asleep, eftir aw. In the mornin, ma back felt like an auld reinforcin rod. Warped. Rusty. Nae fuckin give in it, hardly.

Regi, ur ye awake? Say summit, Regula. Ah wis worried. When ah goes o'er tae the bed but, it's empty. Regula's gone. Ah thought ahd flipped. Ahd awready been thinkin ae goin o'er tae the bakery fur fresh croissants an' some ae that multi-vitamin juice. Tae Stocker himsel, ah kin gi'e it: ah'll pay ye at the end ae the month. He's the owner, ye see, an' still his a heart fur the likes ae me, he's the auld-school type an' naw jist obsessed wi the money. Ahd imagined takin her breakfast in bed an' aw, lookin eftir her, readin an excitin book tae her, an' – in between – strokin a strand ae hair back oota her face an' stuff like that. Fucksake but. Noo she's gone – an' ah dont need fuckin croissants fur masel, ah dont even like fuckin croissants, if ah dae eat them fae time tae time, it's only cos ivry other cunt dis, jist. They aw eat fuckin croissants an' ah cannae rid masel ae the suspicion nae cunt actually likes the bastarn things. It's wan ae they convention things jist, ah reckon. Ye eat the bastarn things, then ye get used tae eatin them, then it disnae enter yir heid there might be summit better ye kid eat in the mornins. The English eat sausages, eggs & bacon & stuff in the mornin. Naw any better, necessarily. But at least it's summit diffrint but.

When ah get tae the kitchen, there's a letter fae Regula lyin there. Naw a real letter, mair a kindae note.

> *Dear Goalie,*
>
> *Thanks fur ivrythin. Yir a gem so ye ur. Ah didnae want tae wake ye. Can ah kip at yours again thenight if ah hivnae found anythin afore the evenin? Will ye leave a key under the plant fur me? That wid be a great help. Many thanks again. Luv & see you soon,*
>
> *Regula*

Ah read the letter fifteen times, fur sure. Course, ye kin sleep at mine. Thenight. Themorra night. The next thoosan years if ye fuckin want!

Ah'll get the flat nice 'n' clean fur ye. Then ah'll change the bed again. Ah'll gi'e this dump a guid fuckin airin. Mibbe ah'll even buy flooers, tae make the place nice. Even if, at this time ae year, ye kin only get they ugly laboratory-flooers fae some Dutch nuclear-reactor greenhouse or ither.

As if ah gi'e a fuck! Ah read Regula's letter anither ten times. Twenty times. A hunner times!

15

As ah suspected. Stofer's naw the worst cunt in the world. Course, he his his flaws, who disnae? He wis brand new but when ah needed him. Drew me a great wee map, wrote doon the name an' address ae a Spanish guy fur me, gave me two keys an' tellt me tae be careful, naw tae fuckin break anythin an' tae turn the water aff again when ah wis leavin. Afore ah did leave, ah wis tae tell this Hector guy that wis me goin so he knew the hoose wis empty. Ah didnae hiv tae clean it, Hector's wife wid dae that.

Who's this Hector guy?

The guy at the address ah gave ye. He looks eftir the hoose. Look, there, ah wrote it doon fur ye.

Ah know. Whit kinda guy is he but?

He's cool. Ye'll see fur yirsel. He lives next door, practically, in whit used tae be the chapel hoose. Say hi fae me.

When ah got hame, Regula wis awready there. Ahd pit a key unner the plant fur her.

She looked a bit better than the evenin before, still naw ideal but. Above aw: she'd cooked summit nice. Even fae a distance it smelt guid.

Ye dont hiv tae cook fur me!

Ah wantit tae. It distracted me a bit.

Wur gaun tae Spain themorra, Regi!

Who?

Jist us. Jist you an' me!

Me? How me? Ur ye mad? Ahv nae mair holidays tae take.

Wur naw goin oan holiday. It's an educational trip wur gaun oan. Tell Pesche it's personal development. The course lasts a fortnight. Or get the doctor tae write ye a line. It's naw as if yir short ae reasons.

It took a while – in the end ah persuaded her but. Sometimes it's handy tae hiv the gift ae the gab a bit. Ah called Dr Wydenmeyer.

Whit's it aboot, the receptionist wantit tae know.

It's a very delicate matter. If at aw possible, ah shid only discuss it wi the doctor.

Wait a moment, please. Ah'll see if he's free tae come tae the phone.

Ah'll wait, thanks, yeah.

He tellt her tae come an' see him first thing the next mornin. An' when he seen her, he said she shoulda come straight tae him. Right away, when Buddy battered her. He wrote her a line fur an unlimited period an' they made an appointment fur eftir the trip.

As ahm aye sayin: if yiv a doctor like Dr Wydenmeyer, yiv summit solid tae build oan. Wydenmeyer's someone who his a feel fur people. Who knows who needs whit an' when. In addition tae that – an' that's naw tae be sneezed at eether – Dr Wydenmeyer's oan the side ae they folk who hivnae got it easy. Whit mair kin ye ask fur in a doctor?

That eftirnoon, we took the train tae Paris, via Berne an' Neuchâtel. Ah hidnae been able tae get haud ae a car. It didnae matter but. It wisnae as faur as ah thought. We'd tae get fae wan station in Paris tae anither yin, then in – Gare Austerlitz, it wis cawed – we took the night train that goes tae Hendaye via Bordeaux. An amazin journey. Above aw, if Regula is wi ye an' yiv enough rid wine.

The next mornin, we crossed the border oan fit. Ah know the area. Hendaye an' Irún hiv grown tae become wan place, practically. Ye kid take a kinda tram an' aw. Ah preferred tae walk but.

So we foot it across an' in Irún go tae where the intercity buses set aff fae. Afore we leave, we hiv an aniseed brandy oan the rocks an' some guid ham. Then it's aboot five oors oan the bus, then the ferry, fae the toon o'er tae the village.

Wee Stofer's hoose is pretty high up oan a hill. Course, it's in a village. It's jist at the very top but. Fortunately, we hidnae a loatae luggage, cos itherwise, itherwise we'd've been flaggin oan the way up, Regi wi aw her worries, an' me wi aw ma muscles (not).

That it's so faur up isnae whit sets the hoose inherited by wee Stofer apart the maist. Whit sets it apart is above aw the wee ferry ye take tae get tae the village. Ye kin, in fact, drive a car up tae it. Ye hiv tae hiv wan first but – a car ah mean. Fae the toon, ye see, the bus takes ye tae, ye kin *see* Stofer's village oan the ither side ae the bay. If ye want tae go there but, ye kin eether dae a massive detour by road or take the direct route across the water. Course, we preferred the sea option.

It's ferryboats wi naw much ae a hull we're talkin aboot. They'd be constantly runnin ashore itherwise.

Oan sandbars. Even wi naw much ae a hull but, yiv nae guarantee ye wont run ashore suddenly an' be stuck fur an oor, waitin fur high tide.

That's how the ferrymen need tae know the route like the back ae their hauns. Sometimes, it's centimetres that ur at stake. That's whit wan ae them tellt me anyhow. Aboot sixty, he wis, an' he immediately started tae chat oan the ferry. His German wis really guid. Turned oot, he'd worked in Germany furra lang time. Near Karlsruhe, in a carpentry shop. A really nice guy, honestly.

When we tellt him we wur fae Switzerland an' wur goney spend a few weeks in anither Swiss guy's hoose, he said he knew the hoose we meant. It hid belonged tae a German, he'd lost his life naw that long ago but. He didnae know the guy who'd then bought it.

Naw, ah said, naw. The previous owner, faur as ah know, wisnae German but wee Stofer's uncle. An' wee Stofer didnae buy it. He inherited it fae that uncle.

Valentin – that wis the name ae oor new friend – jist gestured summit. It wis his way, nae doot, ae tellin us those wur unimportant details jist. He then said he didnae want tae know the details anyhow. Ah dae but, ah said, ahd like tae. Ah like details, even as a schoolboy ah drove the teachers mad cos ah wis aye harpin oan aboot the details ae a story. An' that's how ah wis sae keen tae hear whit kinda guy hid owned this hoose.

Valentin got a bit mair seriouser an' said it wis a lang story. An' anyhoo: we'd only jist arrived. Regula got aff the ferry, Valentin showed us the way up, then we said cheerio an' thanks an' above aw: invited him tae visit us. He shid drap by some time, come fur his tea, soon as we'd settled in a bit. Thanks, he said, he wid, definately.

Ah said tae Regula an' aw: ah kinda liked this guy. Ah

didnae know why masel, ahd taken tae the guy but.

An' then, like ah said, we went up the steep path.

Dammit, Goalie, Regula went, noo ivry time we're doon in the village, we're goney hiv tae climb back up tae go tae bed.

Dont fret, Regi. It's only the first time it'll seem faur an' steep. It's only cos wur aw o'er the shop an' hiv the bags, above aw. Themorra or the day eftir, ye'll naw even notice this wee hill. That's the nicest thing aboot tryin tae encourage someone. Try tae encourage someone an' ye automatically encourage yirsel at the same time.

The hoose wisnae as cauld as we feared. It hid they wee propane radiant heaters in aw the rooms, an' if ye let the radiators radiate a bit, the place heats up fast. In addition tae that, the Hector guy who looks eftir the hoose hid done a perfect joab ae airin the place an' pit oot clean bed-linen fur us. Ah tellt him wee Stofer said hello an' stressed a few times we hid ivrythin we needed an' of course, it wis aw the way it shid be an' manymanythanks again an' naw, we didnae need anythin else. We wur glad when he finally left us. Alane.

A guid hoose, way too big fur the two ae us, naw that ah wis givin a monkey's fuck aboot that. It his three flairs. Doonstairs, the kitchen an' livin room, wi access tae the garden, plus a bathroom an' two bedrooms. Upstairs, anither four bedrooms an' anither bathroom an' a large terrace. Right at the top: smaller rooms fur the staff. Naw bad, ah like even jist the idea ae that, ah tellt Regula: servants quarters.

Eftir that, ah let her choose a room. She lay doon furra bit, wis still a bit tired eftir the journey an' that. That wis fine by me. Cos, when ahm new in a strange place, ah like tae find ma bearins masel first. So ah wis like that tae her: you go ahead an' grab some kip an' ah'll go doon tae the village fur an oor or two an' get us summit nice tae eat.

The village widda taken ten minutes tae go roon, specially in winter when ivry shop, nearly, an' ivry guesthoose is closed. Ah found a nice bar nivvertheless but an' when Regi comes in the door, ah look at ma watch an' realise ahv awready spent four oors in here fur sure, that it's dork ootside awready, an' ahm pissed awready fae this aniseed brandy that goes doon like oil an' definitely hits the spot, only but when yir naw expectin it any mair, sorta.

Add tae that the fact ahd made friends wi two young wimmen who wur parliamoin English tae me an' smokin wan joint eftir the fuckin ither, which didnae seem tae bother any ither cunt there, the guy at the bar least ae aw: he'd the occasional draw himsel, then nivver forgot tae offer me some.

Och, look who it is, Regula! Hid ye tae look fur me fur long? Ahm sorry, ah lost track ae the time.

She's like that: nae problem – an' smiles.

An' in ma very wonky secondary-school English, ah gave it: *Look Alberto, this is Regula, and Regula, this is Isabel, and, and, and,* an' then – in the fog ae the aniseed brandy – the name ae the ither lassie widnae come tae me, it didnae matter but: she jist laughed an' introduced hersel. *Hello Regula, nice to meet you*, her name wis Imma, by the way, an' did she want a drink an' aw? An' itherwise: cool, ivrythin wis cool.

Regula really wisnae angry. Naw at aw. Even if she musta seen fae the fuckin door whit shape ah wis in. Whit d'ye expect but? If two ae ye ur away on holiday an' wan ae the two his hid way too much beer awready, ye hiv several possibilities: ye kin get angry, which disnae actually help nae cunt, ye kin start knockin it back as fast as poss tae try an' catch up so yir naw in the wrang film any mair, or ye can jist think: he's him an' ahm me an' themorra's anither day. Ah think that last option is whit Regula done that night.

Did ye get tae the shops, Goalie?

Oh shit, ah completely forgot, an nipped in furra quick drink, jist tae tide me o'er, then it totally went ootae ma mind. Ahm sorry. Listen but, ahm sure we kin get summit tae eat here.

We'll need tae get tae the shops at some point but. So wiv coffee, milk an' breid fur themorra.

Yir naw so completely aff the mark wi that observation eether. Hiv ye money? Look, ah changed loads. Naw, go on, take it. Look, here's whit ah suggest, you go theday an' ah'll go themorra cos, thenoo, ahd rather jist sit oan here a wee minute – cos here ah can haud ontae the chrome steel an' at the supermarket ah kid only haud ontae the shoppin trolley. They things ur known tae move but.

Yir a blabber, Goalie, she said an' left. She'd come back an' get me. Then we'd go an' rustle summit up.

Know summit but? Things tend naw tae go as easily as that. When she came back tae get me – wi two paper bags full ae stuff – ah tellt her naw tae rush things. It wid be shrewder tae hiv a drink wi us first. Then ah tried tae introduce the landlord an' the two wimmen, by this time but ah only knew the landlord's name, *look, this is Alfredo,* naw wait, *Alberto. Was it Alfredo or Alberto?* Then but, Regula said it wis awright, ahd awready introduced ivrywan, an' that wis fine by me cos some folk take the hump when ye cannae mind their names.

We did then go hame at some point eftir aw an' we

cooked an' aw. That is: she did, mair like, cos ah – ah didnae see the need. It wis guid craic anyhow but, we rambled oan an' oan. Naw aboot problems an' the like. Naw, we wur exchangin stories mair like, which is summit ye kin dae best when folk still dont really know each ither really, when yiv naw tellt the best yins a hunner times afore yet. Ah first fell asleep at the table an' when ah woke up wi a stiff neck, Regula'd awready hit the sack. So ah got between the blankets too. Naw hers but. Naw, ma ain. We wur jist guid friends eftir aw: guid friends who go oan holiday thegither an' that, fuckit. An' anyhoo: it wis howivver late it wis.

16

The time in wee Stofer's hoose whizzed past. Sometimes we jist went tae go an' look an' see the sea move. An' sometimes we walked along these hills jist, turnin oor backs tae the sea. In between times, we went back an' forth oan the ferry, jist tae be oan a ship like. The locals thought we wur mad. Fur them, the ferry wis jist a means ae transport jist, an' naw a tourist attraction. Ahm sure but that even the wans that thought oor ferryin to an' fro wis mad wid choose the boat, if – fur the sake ae argument – they wur oan a summer holiday in Thun an' kid choose whether tae take the train or the boat tae Interlaken. Whit ahm tryin tae say is: at hame in Switzerland, ah almost nivver take a boat, abroad ah nearly always dae but. Cos holidays ur holidays. An' holidays only make sense if ye dae things diffrint fae in yir ivryday life.

Regula an' ah finally hid time tae dae some serious talkin. Ah tellt her ah loved her an' wantit her, aw the stuff ye say if ye mean it. Ah meant it. She wis still a bit defensive but, said naw tae spin her so many yarns, tae be mair economical wi ma endless stories. She wis convinced, ye see: wance ah ran ootae stories, ahd nae longer love her.

That's possible, of course. Oan the ither haun but: whit

did Regula mean by 'ran ootae stories'? How dis she know hoo many stories ah hiv tae tell? Stories urnae like teeth, they dont grow in twice, then that's it. Yiv hid aw yir gettin. Naw, stories urnae like crude fuckin oil, where yiv only a certain amoont an' wance they reserves ur gone, yir fuckt – it'll be a few million years afore there's new stuff. Naw, stories grow back in. There's an infinite supply ae them. Try tellin that tae Regula but, who's worried cos it's finally clicked ahm in love wi her.

That right, Goalie? Wance yiv ran ootae stories, ye willnae love me any mair?

Is that important, Regula? Ah mean is it important tae talk aboot when, somewhere doon the line, ah willnae love ye? Fur the time bein, ah love ye. That's important. You've still naw said owt in this direction but.

Ahm jist naw as quick tae say things like that. Ah need time, Goalie. Ah dont faw in love jist like that. An' anyway: officially, ahm still wi Buddy. Ye know that.

Officially! Sorry, Regula, nae offence, that's the stupidest sentence but ivver tae come ootae yir mooth!

Mibbes aye, mibbes naw, Goalie. The rest's true but. Ahm naw the type tae faw in love in a hurry.

Naw wi me anyhoo, right? Know whit but? Ah dont care. Ah kin wait. Take yir time, Regula. Take yir time jist. Ah can be patient. Ah'll ask ye again in five minutes.

Lines like that normally got a laugh ootae her.

Then but, summit happened that wis less funny. Valentin, who we'd got tae know on the ferry over, came tae visit. Ahd made a point ae tellin him he kid drop in any time, we'd be pleased tae see him.

So he did come an' he brought us some drink an' a necklace he'd made himsel fur Regula ootae wee bits ae wood an' black mussels. Didnae look bad, the necklace.

We wur pleased tae hiv befriended a local awready. Rustled up summit guid tae eat etc. An' while he's talkin, Valentin, ah ask aboot the hoose an' wee Stofer's uncle, jist ootae intrist like.

Ahm often intristit in things maist ither folk urnae. An' vice versa. That might seem strange. It's true but. Ma auld man wis like that in his day an' aw. When ah wis still a boy, he'd tell me stories fur oors on end aboot people ah didnae know fae Adam. Ma auld man kid tell ye hale life stories, wi ivry possible detail. Better than any novel, it wis. Life intristit me. Naw aw the ither shite. Life jist.

Take as an example: ah go doon tae the bicycle bit in the basement at hame an' wan ae the ither tenants his parked his bike badly. Kin happen tae anywan. Maist folk'll then say but how a-fuckin-mazed they ur that some useless bastard kid leave his bike staunin there like fuckin that. Naw me but. Ahd nivver say anythin like that. It's ae nae intrist tae me. It really isnae.

Oan the ither haun, if ahm on holiday in an auld Spanish hoose, ah'll examine that hoose inside an' oot, ah'll look tae see whit flooers there ur in the garden an' aw, ah'll notice it's naw flooers ye see oan the Atlantic itherwise an' that the hoose is built in a style, a type ae architecture, that disnae necessarily fit intae the village, an' ah'll be astonished that some cunt authorised the buildin ae it an' ah'll wonder aboot why an' when they did so an' aw that kinda stuff. Those ur questions that ur pairt ae life.

Anyway: ah ask oor visitor dis he know anythin aboot the hoose an' it turned oot Valentin knew it aw. Ivry-fuckin-thing.

He tellt us how some guy hid it built, who left the village aroon 1880 fur Cuba an' then Puerto Rico. That wis how a loatae auld folk in the village still cawed the hoose the American hoose. In the Caribbean, the guy made shitloads ae cash, nay cunt knew exactly how, word hid it but he'd started as an errand boy furra gunsmith, then worked his way up in the arms trade. When Cuba became independent in 1898, business wisnae sae guid any mair, least: naw if ye wur tryin tae make money as a Spaniard. That didnae matter tae this rich cunt but, he'd enough pit by as it wis. Thanks tae the Spanish-Cuban War, he'd made a total fuckin fortune. So he came back here, tae his hame village, an' swore he'd build the best an' maist beautiful hoose in the village so aw the moanin gits – who thought he wis capable ae fuck-aw when he left fur Cuba when he wis young – wid finally realise he wisnae the failure they thought he wis, but the exact opposite.

An' cos the priest hid been the biggest moanin git, he bought a nice bit ae land, right next tae the chapel, so the first thing the holy fuckin joe wid see ivry mornin wis his fuckin hoose.

Well done him! ah said. Ah like this guy. If ye ignore the arms trade bit, at least.

Valentin went oan wi his story. Aw the palm trees an' exotic plants hid been brought back fae the Caribbean by this guy, an' even the architecture: a real Cuban hid designed the hoose fur him, Colonial style, the features wur aw original an' very expensive.

When the hoose wis finished, he married the maist beautiful girl in the village an' they'd a bunch ae beautiful weans.

Eftir that, he nivver lifted a finger again. Fur decades, he done nuthin except play billiards, go fur a walk, hiv a shave at the barbers, hiv his chauffeur drive him roon in a huge Yankie ride an' blow the money he'd made in Cuba.

That wis the diffrince tae the rich ae today – cos nooadays, nae cunt pits in as much graft as the really rich, aw they entrepreneurs an' industrialists an' mega managers who hiv long since made their billions, still jet aroon the world but, like overexcited ants, workin sixty- tae seventy-oor weeks tae continue gettin richer until, literally, they drap fuckin deid.

The guy fae this hoose but hidnae made that mistake. Naw, he'd hid it pretty cushy, hid taken it easy an' watched his weans grow up. The trees an' aw. An' cos he lived tae be relatively auld, he managed tae blow pretty much aw that money cos when he finally died an' the young yins wantit tae share oot whit he'd left tae them, there wis nuthin but debts. That's how they hid tae sell the hoose. Aboot 1940, that wis, so naw lang eftir the Spanish Civil War.

Then a German bought the hoose, some Nazi or ither who'd hid summit tae dae wi Franco. There wis a loat ae folk like that, in Spain back then. Folk didnae talk very much at the time aboot that kinda stuff, an' if they did, they kept it very quiet. It wis still the same nooadays, by the way. The hoose hid belonged tae the family ae that Nazi, first tae the wan son an' then the grandweans, until wee Stofer bought it there. They'd pit the hoose oan the market cos, in recent years, they'd hardly ivver used it, an' cos ae hoo much it wid cost tae dae it up, even hawf-decent. Furra long time, nae cunt wantit it. They wur askin too much fur it.

Then, wan day, this Swiss guy turned up an' looked sharp an' bought it. He hid some notary come here fae Santander, quick chat, new entry in the land register, money oan the table an' *muchas gracias*. Valentin knew aw this in such detail, he said, cos he'd been intristit himsel. Naw, he did, he knew aboot properties an' stuff an' hid known right away the German family wis askin way over the odds.

Naw amigo, ah went. He wis probably mistaken oan that yin. Cos see this hoose, it hid belonged tae an uncle ae wee Stofer, an' Stofer wis someone ah knew well. An' when this uncle died recently there, he'd left the hoose tae wee Stofer, presumably cos he's nae weans ae his ain.

Nae fuckin way, Valentin said. Ah knew the German owners personally an' in the last ten year, nane ae them died. They kidnae afford the upkeep jist ae the Nazi grandfaither's hoose. End of.

Odd, ah then say tae Regula. Extremely odd. Oor Stofer, wee Stofer, ae aw the runners in Oberaargau he's the wan, sad cunt that he is, that's aye tryin tae cadge a fag, a beer or a few francs aff ye, yet he kin turn up in a Spanish village, say hi ivrywan, then: check that oot, a lovely villa, ah like that, whit yis askin fur it? Hawf a million, nae borra, there ye go, take it, naw it's fine like that, jist keep the change, bye fur noo an' thanks, eh.

Mibbe Stofer's a sly wee cunt an' jist let oan he'd fuck-aw. The rich kin teach ye how tae save awright, Regula reckons.

Come aff it! If wee Stofer sees even a five-franc piece, it takes five minutes, max, fur that five-franc bit tae be turned intae rid wine an' vanish. Listen, Regi, ah'll gi'e ye an example so ye know whit a tube Stofer is:

Right, afore ah done time in the Joke, ahd this flat fur a while in Aarwangenstrasse. Stofer wis livin in Niederbipp at the time. Dont ask me how Niederbipp, ae aw places, he wis livin oot that way anyhow. Think aboot it: it's mair than an oor by bike fae the Fog. If yir lamp's too well-oiled anyhow. An' then, wan evenin in the Spanish Club, the booze wis indeed flowin, nae shortage ae it, an' he'd hid too much cognac or whitivver.

Fuck me, he gi'es it, ma heid's totally spinnin. Oan some kinda high, ah am. Ah dont feel like goin back tae Niederbipp thenight. Kin ah kip at yours, Goalie?

Ahm like that: Nae bother. Ahm goin hame tae ma bed thenoo but. He but, he wantit tae sit oan fur a while. Kid he jist show up at mine later? So ah tellt him the hoose number an' explained: second flair, left-haun door, door wid be open, an' he kid crash oan the couch jist, ahd leave a blanket oot fur him, an' nane ae his fuckin crap, thank-you-very-much. So ah take masel aff hame. Wee Stofer carried oan drinkin at the Spanish Club meanwhile. Probably moved oan tae some ither place too.

Next mornin, ah get up an' go tae see is he still in the land ae nod. Ma sofa's got naebody oan it but, there's nae sign ae wee Stofer. Aha, ah think tae masel, he didnae come, he found somewhere else tae kip. Fine by me.

An' when ah see the cunt in the village naw long eftir that, ah ask where he slept then, last Saturday night.

Where d'ye think? At yours, Goalie. As agreed. Thanks again, by the way.

Whit d'ye mean 'at mine'? Ye wurnae at mine.

Naw, ah wis. Course, ah wis. Ah done exactly whit ye tellt me, such an' such a number, third flair oan the left, door wis open so in ah went an' crashed oan the sofa, oot fur the coont right away ah wis.

Whit d'ye mean 'third flair'? Second flair, wee man, second flair oan the left. Didnt ah tell ye: second flair, left!

Fuckin shit, wee Stofer goes, ah musta slept aw night in some ither cunt's flat, some cunt ah dont even know. Who the fuck lives above ye, Goalie?

Ye see, Regi, that's the kinda guy Stofer is, cannae tell the diffrince between two an' three, yet manages tae get through life.

Ah dont believe it, she goes. Valentin an' aw asked: wis that aw true?

Course it is. Whit ur yis thinkin?

Incredible, she said. That's got nowt tae dae wi the hoose but. Mibbe Stofer's uncle didnae leave him an actual hoose, but a smaw fortune? Regula – ah kid tell – wis makin a final attempt tae find a logical explanation fur the hale situation. Ye kid see but she didnae believe it hersel.

If he'd been left money, he'd hiv said so, an' naw spelt oot how his uncle hid left him the hoose. Naw, Regula, there's only wan reasonable explanation fur this: Stofer isnae clean an' there's summit naw-clean aboot this hoose an' aw.

Valentin wis surprised this wis gi'in us sae much food fur thought. How couldnt we jist enjoy bein able tae be here? Ah hid tae admit he wis right. So we changed the subject an' talked aboot the ither villages in the region insteid.

Later that night but, it wis daein ma heid in. Even if ah didnae want tae say anythin tae Valentin, ah wis suddenly thinkin this stupit story hid summit tae dae wi ma trial an' the time ah done in the Joke. Cos aw that stuff wi the strange French guy – or Arab or whitivver he wis – wis aw tae dae wi a loatae cash an' nae cunt knew whit hid happened tae it, least ae aw me, even if the judge wis constantly askin me. Back then, ah didnae want tae brood aboot it too much. Noo but, it hid come over me an' ahd nae choice in the matter. Broodin's like any ither physical need: like sleepin, fur instance, or eatin or pissin, ye kin pit it aff furra while, some folk kin pit it aff fur longer than others, at some point but ye jist hiv tae dae it. So ah wis lyin there so ah wis an' kidnae stop thinkin ahd mibbe done time in the Joke fur the hoose ah wis noo lyin in.

The next day, Regula an' me went furra walk an' ended up in a village where there's a mineral spring that's famous in the region. That disnae necessarily mean but that ye hiv tae order a mineral water if ye go intae a pub in a mineral-water-village. Ah ordered hawf a litre ae rid. An' fur starters: a nice cauld Mahou beer tae set me up first, an' a sherry fur Regula.

Across fae me in the pub wis a picture ae wan ae they *femme fatales*. Tae be mair exact, cowerin in the picture wis a woman whose face looked aboot thirty, she'd the body but ae a young dancer, or whitivver, well-toned, shipshape fae heid tae toe. She wis wearin wan ae they semi-see-through tops too, that let ye see the breasts shimmerin through. Perfect they wur, by the way, really nicely painted. She wis wearin they leggins an' aw, like fur the gym. Figure-huggin, they wur an' aw. It wis really well painted, naw totally naturalistic, mair a wee bit unusual, as if, aye, ye wantit tae show ivrythin exactly how it wis, but also wantit tae gi'e the reality yir ain touch but. Ah widnae be able tae paint like that, that's fur sure. Even if ah wantit tae. An' many an artist ah know kidnae eether.

So ah looked at this picture, marvelled at it fur the longest time, said tae Regula tae look at it an' aw – it fascinated me sae much. An' she, the woman in the picture, made a sortae face at me, dont know how ah shid describe it. She wis comin oan a bit sluttish or whitivver, a bit alang the lines ae: Mon then, if yir a real man! Take a haud ae me – unless yir feart tae. Dead erotic it wis, really – an' naw in a cheap way. Naw, in a mair artistic way. That's the diffrince atween art an' aw that primitive shite, ah thought tae masel: wi this picture, ye kin see that the lust is jist wan ae many diffrint aspects. Regula thought it wis impressive an' aw.

Cos Regula wisnae jist lookin at the picture, but lookin roon the bar an' aw, she suddenly whispered tae me tae hiv a close look at the landlady. How? ah asked. Jist, says Regula. Okay, ah go, an' ah see a woman ae aboot fifty, grey hair, a natural-coloured knitted pullover, nae make-up, the close-tae-nature pottery-maker or eurythmics-teacher type, we'd wan in the jail like that an' aw who done work therapy wi us.

When ahd studied her long enough, ah asked Regula whit it wis aboot the woman. She says nuthin. So ah look at her again, the landlady. She looked like aw kinds ae things. Above aw but, in a worryin way, she wis sexless, completely asexual. Ahm only stressin that cos, itherwise, almost ivry human bein, even the ugliest cunts oot, hiv summit aboot them that minds ye we're aw sexual beins. The landlady but his nuthin. It wis as if she wis naw masculine, naw feminine, but neuter.

Then Regula nods discreetly at the picture oan the wall an' again at the landlady an' finally, the penny draps! She wis the *femme fatale* in the picture, jist twenty year aulder. That felt totally odd. Ye felt like a voyeur, starin intae the private life ae someone who wis noo twenty year aulder an' only in the picture wis she still young an' seductive.

Regula, ah said, if ye ivver let a painter paint ye, ye hiv tae promise me ye'll hing it somewhere where naw ivry jerk kin stare at it fur twenty years.

She promised me an' ah ordered anither hawf a litre, mainly so ah kid check oot the landlady fae up close.

Wis she fae this area? ah asked her.

Naw, she wis French.

Nice picture yiv got hingin there.

Aye, her husband painted it.

Ma compliments! He's guid so he is.

The trip tae Spain ended wi a wee argument. Nuthin bad, a bit unpleasant aw the same. That's ma weakness, ah guess. Ah nivver manage tae take care ae people ah like. It's a bit like the a-bit-handicapped guy in that novel, the wan aye pittin mice in his trooser pocket cos he wants tae pet them. Then but, he his too much strength an' squashes them tae death. He likes mice. He disnae want tae harm them. Naw that that's ae any help. He cannae help himself, squeezes too hard. Similar shit's aye happenin tae me, wi human beins but. Naw physically. Mentally. Ah nip the brains ae folk that ur important tae me sae much, they get tired ae listenin tae me an' turn away.

Okay, so while we wur in Spain still, ah tellt Regula aw aboot me. Ahd say ahd only ivver the best ae intentions: ah wis thinkin she'd then know a bit better whit she wis gettin involved wi. Ah tellt her aboot ma schooldays, ma family, oor part ae toon, aboot the Reitplatz, the forest, ma apprenticeship, ma first falls, ma first travels, whit ah read an' listened tae when ah wis twenty, books, music, aw stuff that meant fuck-aw tae her. Nuthin mad. Course naw. Jist they things that – if ye piece them aw thegither – make ye the person ye ur.

Tae start wi, that wis okay like that. Ah wis a guid guy, she said, kid tell a guid story, ah wisnae wan ae they tight-lipped cunts like Buddy who faw silent an' cut themsels aff when there's summit tae discuss, or insteid ae jist sayin whit's botherin them. At some point but, she'd overdosed oan ma stories. The accusation soon came: ah wis only talkin so as naw tae hiv tae listen. An' above aw, ah wisnae really talkin aboot masel at aw. Naw, ah wis jist aye tellin some story or ither. Bottom line bein: howivver much ah waffled oan, ah *wisnae* – ah wisnae much of a talker.

Whit is it ye want, Regi, ah said. It's naw as if ah hiv tae listen tae ye: ah kin feel ye, ah kin see aw the way through you, ah think ae nuthin but you, the hale time. Yir aye there, present fur me. Know summit? When ah touch ye, ah know mair aboot ye than if ah wis tae listen tae ye aw day. An' if ahm tellin ye aw these things, you're included in whit ah mean. Ivrythin ah tell ye, ahm tellin only you that way. Anyone else, an' ah wid tell it diffrint.

Explainin it aw wis pointless. She said it wisnae oan. Naw like that, it wisnae. She kidnae help feelin ah wis aw talk. A patter-merchant. She didnae mean it in a bad wey: ah wis guid at tellin stories. Whit ah needed but wisnae a woman, but an audience.

That's naw true. Ahm enough ae an audience fur masel masel. Okay but, if ye want us tae kick any problems we might hiv aroon an' fling accusations at each ither, that's fine an' aw. Ahm listenin. Ah'll shut ma gob. Oan ye go – tell me, Regi. Tell me. Ahm aw ears.

She didnae want tae tell me anythin. She'd the feelin but, it wid be better mibbe if ah cut doon oan the alas-poor-yoricks an' mulled things o'er mair. Cos wan thing hid become clear tae her: ahd the wrang friends.

Ye see, ah says, that's whit ahm sayin the hale time. Ye dont like ma stories, whitivver way ah tell em, cos ye'd rather think aboot problems. Whit ye still hivnae got but is: ma stories ur part ae me. Ah cannae take them aff, like an auld shirt. Ah dont tell stories fur the sake ae it, ah tell them in an attempt tae keep up. If ah kidnae tell them, life – makin sense ae it, anyhoo – wid be beyond me. Know whit ah mean, Regi?

She wis like that: a dunderheid, ah wis. She hidnae said nuthin against the stories. Ah jist didnae want tae unnerstaun. That wisnae at aw whit she meant. Did ah think she wis speakin cos she liked the sound ae her ain voice, or whit? Naw, ah knew exactly whit she'd meant.

Then ah wis like that: naw ah didnae, naw ah didnae know, ahd like tae but, an' kid she mibbe explain it again, ah aye wis a bit slow on the fuckin uptake.

An' she gave it: there wisnae anythin concrete. It wis mair general. It wis aboot me showin mair willingness tae listen tae her. An' takin her an' whit she wantit tae talk aboot mair on board.

An' then ah gave it: wis this a pre-emptive strike, or whit, oan her part? Wis she tellin me ahd tae be a better listener jist in case – at some future point – she wantit tae tell me summit?

An' at that, she disappeared in a puff ae smoke. An' ah sat oan. Frustrated. Sad. Livid wi masel. Despairin, pretty much.

Followin day, we travelled back. Same way we came. Fuck-all tae write hame aboot but.

17

Since ah got back fae Spain, an' that's a fortnight ago awready, ahv been in a bad way. Regula's been a bit withdrawn, as if she wis embarrassed by the familiarity ae bein oan holiday thegither, or wis still bearin a grudge fur aw ma drivel that final evenin.

She's moved ootae Buddy's place, aye. She tellt me but that that wis atween her an' Buddy an' naw tae go thinkin it hid owt tae dae wi me. Anyway: she noo needed some time tae hersel an' tae find herself again eftir aw that hassle.

That's fine so it is. Ahm naw uncomfortable wi that. Oan the contrary: ah think it makes sense fur her an' Buddy tae separate. Buddy isnae the right man fur someone like Regula. That's whit ahv aye said an' aye will say. Stuff like that ah kin put on repeat. Honest.

Whit ah am uncomfortable wi, is the story wi the hoose. Ah mean, c'mon, how did that wee cunt – Stofer – hiv tae tell me a loadae bollocks aboot his uncle an' fuckin inheritance? Whit wis the reason fur inventin a fuckin uncle? An' hoo much dis Uli know?

At first, ah wantit tae go straight tae Uli an' tell him ivrythin Valentin hid tellt me. Then ah minded but: Uli wis still wi they farmers. An' whit's mair: fur the first time in ma life, ahd the feelin ah kidnae trust the cunt a hunner percent.

Whit dae ye want tae drink, Goalie?

Lime blossom tea, please.

Lime blossom tea?

Jist jokin.

Very funny. Not.

Ye dont hiv tae think it's funny, Regula. Ah think it's funny, kinda. An' that'll dae me. Even jist the thought ae orderin a lime blossom tea's pretty funny.

It wid dae ye good anyhow. Noo tell me whit ye dae want. There's ither folk wantin tae order.

A coffee wi schnapps in it, please.

Ahm very sorry tae hiv tae say it: Regula's gettin oan ma tits suddenly but. Ah still like her, dont get me wrong, ahv the feelin but she's gettin tae be annoyin. Naw, it's true. Ah like her, at the same time but she annoys the fuck ootae me, explain that yin if ye can, that's the way it is but. Whit ah like is the serious side ae her. Her inner calm. Whit annoys me is exactly the same things. And whit's mair: sorry, but ah let her stay at mine, ah took her oan holiday, an' wur still naw an item. She still behaves as if we knew each ither tae see, jist. Ye ivver seen the like?

Look who it is! Goalie! Whit ye daein here? Ah thought ye wur barred?

Hi, Paule. The ban's been lifted. Ahm oan probation noo. That right, Pesche?

Pesche disnae answer. Probably thinkin ahm tryin tae provoke him. Ah want the exact opposite too. Ah want us two tae be a bit mair relaxed in each ither's company again. Fur a landlord, Pesche's as wary as fuckin fuck. If yir as wary as Pesche is, ye'd be better aff bein an auditor or school inspector or daein some joab like that. If ye want yir ain pub but, it helps tae like folk, ah widda thought.

Paule orders a Café Hag wi two Assugrin. So: a decaff. A coffee that isnae coffee wi sugar that isnae sugar, tae be exact.

How's life itherwise, Goalie?

Naw bad, thanks. Yirsel?

Awright, aye.

Tell me summit, Paule. How long ye been a postie awready?

Me? Since ah did ma trainin. Let's see, that's fourteen year awready. Why ye askin?

Simple. Ahm surprised, jist.

Know summit, Goalie? Ivry time we meet, ye hiv a go at me cos ahm a postie. Dae ye even realise yir daein it? Yir aye haverin oan aboot us posties or the post office. Hiv ye a problem wi us, or whit?

Ah dont know masel. Mibbe ah shoulda joined the post office an' aw. When ah left school.

Ye'd hiv hid tae smarten yir act up, if so.

Sock it tae me, Paule. Go on, sock it tae me. Yir right. Anither thing but: did wee Stofer naw use tae work fur the post office an' aw?

Martin Stofer? The wan that's sae slim, ye kid nearly fuckin smoke him? When he done his military service, he used tae hide behind his machine gun, apparently. Superthin, he wis, even in they days. But aye but: yir right. He also worked fur the post office. Started a year or two eftir me. He wisnae a postie but. A counter clerk, he trained tae be.

There we hiv it.

Hiv whit?

Nuthin, ah jist said there we hiv it cos ahm right. Cos ah knew Stofer trained wi the post office.

D'ye know why he left back then?

Naw. Go on but – tell me.

Paule hesitates, looks roon, then speaks a bit mair quietly: word hid it, his arithmetic wis a bit too original. Know whit ah mean?

Wis he a gangster back in they days even?

Shoosh! Naw sae loud, Goalie. Ah dont know any mair than that. The wan thing ah dae know is: it wis said back then he wis embezzling. Naw huge amounts, as faur as ah know. Still but. They confronted him wi it. He admitted it. Wis fired oan the spot. Wis tellt tae leave. An' that wis it: end of.

He wisnae charged?

Faur as ah know, naw. Ye know but: it takes a lot fur someone in the post office tae be charged. Ah know ae wan colleague who wis supposed tae deliver letters. Ye might naw think so, it's a sensitive job but: ye nivver know whit kinda letters yir cairryin roon. There kid be money in wan ae they letters, or summit else important. Okay, so this colleague's goin up Hinterbergweg wi his delivery cart. There wis shitloads ae snow, so hawfway up, it occurs tae him he kid leave the cart at the side ae the path an' jist cairry the letters he needs. Wur naw allowed tae dae that but, ye know? Wur naw allowed tae leave the letters unattended. That's totally standard practice, it's a question ae responsibility, as ye learn right at the start ae yir trainin. Anyway: while the postie wis deliverin his letters, a snowball fight started. Next thing, schoolboys wur takin cover behind the guy's cart. The ither boys bombarded them wi snowballs. Course, aw these snowballs landed in the cart. Postie didnae notice till later but, by which time aw the fuckin letters wur soakin fuckin wet. That wis nae trivial matter, Goalie. Guy works oan an assembly line these days. Whit ahm sayin is: even if it wis a huge deal an' he wis redeployed internally, he wisnae charged. Jist like Stofer wisnae later.

Whit dae ye say, Paule, will we hiv anither coffee? Wi schnapps, of course. – It's oan me.

Wi schnapps? Ah shid go easy on the coffee, Goalie. Ahv a delicate stomach. It runs in the family, ma faither wis the same.

C'mon, that wont matter. In a guid coffee wi schnapps, there's hardly any coffee anyhoo.

Paule's still a bit wary still. He's probably feart ahm goney hiv a go at him.

Regula, can ye get me two coffees, wi schnapps in them. Pit a loatae love into it but eh.

We carry oan talkin furra guid while, the postie an' me. Ahv the feelin the hale time he wants tae tell me summit important. Pesche, the landlord, his an eye oan oor table throughoot. Regula's lettin oan she's busy. The clock above the bar – wi advertisin fur fuckin Cinzano oan it – stopped a long time ago. Noo the postie whispers:

D'ye know who wis workin oan the same counter as Stofer back then?

Oot wi it, Paule. Mon, oot wi it, ma son.

Paule looks roon the lounge, sees the landlord's naw there any mair, lowers his eyes tae look at the table, then says sae quietly ah kin hardly hear him even if he's whisperin straight in ma ear: Pesche.

Yir kiddin!

Tellin ye, Goalie. Ahm naw feedin ye a load ae shit. He wis part ae it an' aw, back then. That scam. The two ae them thegither, Stofer an' Pesche. They wur caught an' thrown oot. Part fae that, nowt happened tae them but. The post office didnae want any scandal.

Pesche an' aw? Ye sure, Paule?

Hunner percent.

Anither two coffees, Regula, wi a bloody guid dash in them. Be sae kind, eh?

We talked fur anither bit. Aboot nuthin at aw. Paule then left at some point an' ah stood up tae go an' aw.

Goalie, we goney see each ither at some point? Regula asks.

Any time ye want, ah said, pleased she wis askin whit ah wantit tae ask but didnae dare tae.

Whit ye daein themorra?

At ma work till lunchtime.

Ahm off in the evenin. Kin ah come tae yours? Aboot six?

Course ye can. That'll be great.

Ah said ma goodbyes, pit ma jacket an' scarf oan, pulled the zip right up an' headed hame.

At hame, ah got the hoover oot an' the cleanin stuff an' freshened the place up a bit. Ah cleaned the bathroom an' aw. That needed it maist. Then ah took a blank piece ae paper an' wrote a few things doon. Nuthin spectacular. Ah jist wantit tae sort oot ma thoughts a bit. Whit's goin oan wi Pesche? Where dis Pesche staun wi Uli? An' wi Stofer? Who exactly dis the hoose in Spain belang tae?

Whose money did wee Stofer use tae buy it? An' whit his the French guy tae dae wi aw this? Those wur the kindae questions that came intae ma heid an' that ah wrote doon jist. Wi'oot any idea ae when an' how ah wis supposed tae answer them.

When Regula arrived the next evenin, the place looked brand new, jist aboot. She noticed an' praised me. Ah wis glad she wis in a better mood wi me. Ah wis determined naw tae haver oan sae much. An' tae gi'e her a bit ae space.

So c'mon, tell me, Regi, howz things?

Nuthin ootae the ordinary. Things ur awright. Ahm livin at ma sister's place fur the mo. Ahv tellt her aboot you an' oor Spanish trip, by the way.

Mibbe that wisnae such a guid idea.

How naw? She wis pleased fur me anyhow. An' guess whit the best bit wis? When ah tellt her aboot you, ahd the feelin ah know ye much better than ah thought. Ah talked an' talked an' ma sister wis listenin, aw intristit, an' suddenly she wantit tae know how folk call ye Goalie. That's when ah realised ah didnae know masel.

Ahm asked that aw the time.

Yiv nivver tellt me. The only thing ah know is: yir real name's Ernst. Naw that any wan oan this earth calls ye Ernst. Jist as well, by the way. The name Ernst totally disnae suit ye cos, firstly, yir almost nivver earnest. An' secondly, absolutely nae way is Ernst the right name fur a member ae oor generation.

Hey, hang oan! Ernst isnae a bad name. Ernesto wis Che Guevara's name, even.

Ernst disnae suit ye but.

So Goalie suits me better?

Obviously. It's better than Ernst anyhow. Anythin wid

be better than Ernst, tae tell the God's honest truth. How dae they call ye that, Goalie?

It's a long story.

Tell me it but. Please – Wiv plenty ae time.

It's naw as intristin as ye mibbe hope.

Disnae matter. Ahm in the mood fur listenin.

Ye know Uli, right?

That wisnae the best way tae start, obviously. Regula screwed her mooth up as if she'd just eaten summit bitter. She didnae say anythin. Ye didnae hiv tae be an expert but tae notice she didnae think much ae Uli.

Ah know, Regi, ah know. Uli's reputation isnae the best. An' tae add tae that, he's in some kinda temporary low at the mo. That disnae alter the fact but that he's ma auldest friend. Uli an' me grew up thegither. An' that coonts. A loat.

Ah think yiv tellt me that before.

Then mibbe ahv tellt ye an' aw that we often played fitba thegither. The nickname originates fae back then.

Wur ye always in goal?

Naw, naw at all. That's the mistake ivryone makes.

How d'ye say then ye wur given the nickname back when yis wur playin?

Ye see, Regula, when schoolboys play fitba – ah mean: when they really play, pick teams first an' that – naebody normally wants tae go in goal. Normal wee boys want tae score goals, naw stop them. That's jist the way it is. In the nature ae things. Even when it comes tae real players, the wans who make it big, wans ye see on TV, the forwards ur normally much richer an' much mair famous than the goalkeepers. That his its ain logic. A goal is always a goal. When a goalie makes a save but, ye cannae aye tell if the baw wid've gone in otherwise, or naw. Ye kin nivver tell fur sure, actually, whether a goalkeeper's really guid or jist plain guid or mibbe naw sae guid. That's how ivry fitballer, if he his any choice, prefers tae be up front. The wans that want it even mair badly, totally badly, but ur weans. As a wean, ye make sure you yirsel ur playin in a position that'll let ye pit as many baws as possible in the net. An' d'ye know how? Cos weans, wi'oot knowin it, ur the world's maist stupidest optimists.

Naw, take it fae me, Regi: optimism is a children's illness. Like the measles. An' a keeper's summit like insurance. If yir blinded by optimism an' countin oan hivin nuthin but guid luck, ye dont need insurance. An' that's how, when weans play fitba, nae cunt wants tae go in goal. An' wance, when we'd an important game, against the Italians fae the gasworks, nae cunt wantit tae be the goalie again so we pit wee Balsiger – the poorest an' maist-harassed wee guy roon oor way – in goal.

But ah dont want tae be in goal!

Zip it, Balsiger, an' jist get in!

But ahm naw very guid in goal.

Yir even worse oot. Now git in goal or ye kin go straight hame!

We got hammered. Oan the way hame, someone said the goalie wis tae blame. Wi a better goalie, we'd hiv won by a few clear goals, they said. The goalie wis worse than useless, they said, the guy shid be fired intae ooter space etc. Where'd he get tae anyhoo, the damn goalie, ma friends suddenly asked. How? ah asked back. We shid teach him a lesson he'll nivver forget, they reckoned. They got themsels aw worked up. Someone hid the idea ae sendin oot a search party. When they found him, he'd get a right guid hidin.

Ah kidnae see the sense in that at aw cos, tae me, it

wisnae at aw clear we'd lost cos ae the keeper. An' anyhow: we'd forced the wee guy tae go in goal. That's how a sudden need fur justice came over me an' ah started givin it: it wisnae wee Balsiger's fault. It wis awready too late but. Wance that kinda group dynamic kicks in, there's nae reversin it. Apart fae me, they wur aw determined tae gi'e wee Balsiger a hidin. So ah stepped forward an' said:

Ahm yir goalie, lads. If yir hell bent on gi'in a goalie a hammerin, oan ye come. Ahm yir goalie, ya bunch ae fuckin yella-bellies!

Naw yir naw, naw yir naw, they said, an' ah must be bloody bonkers. Ahd awready decided but ah wis takin Balsiger's thrashin. It wis time tae speed things up. Ah lashed oot at ma team-mates, givin it: Mon then, mon then, ya fuckin yella-bellies. Yis only want tae batter Balsiger cos yir aw fuckin yella-bellies. Fuckin yella-bellies is whit yis ur. Want a goalie? Here, yis hiv a goalie. Ahm yir goalie! Ahm yir goalie! Ah went oan an' oan at them, punchin them noo an' knockin them over. Soon, ahd provoked them sae much, they set upon me, right enough, first wi their fists an' then their feet. Wis that it? ah asked when ma nose started bleedin. They wur a bunch ae fuckin pansies, ah tellt them. Ahd nivver seen such a crowd ae sissies, their punches didnae even hurt. That spurred them oan even mair, of course. Me an' aw but: ah wis aw fired up. They hit oot at me again, harder an' harder, rougher an' rougher, mair an' mair brutal they wur gettin. Ah went doon on the grun. They kept goin till ah kid hardly breathe. Shortly before the lights went oot, before ah fainted, ah wis croakin, apparently: Ahm yir goalie! Ahm yir ... Then ivrythin went dark an' eftir that, aw ah know is: ah woke up at hame, in ma ain bed. Ma faither wis goin ballistic an' ma maw wis sayin she worried aboot me: whit wid become of me.

Regula looks at me. That wonderful amazed look she his only a very rare time. Ah cannae believe it, she says.

Naw, Regula, take it fae me. Take it fae me. Aw that exists. Plenty ae other stuff an' aw. Ye can believe it awright.

Oor two heids wur really close. She wis still lookin at me that same way. Ahd the impression, nearly, she wis lookin in ma face fur traces ae that fight twenty year ago. Ah inched closer, pit ma hauns oan her cheeks an' kissed her oan the mooth. It wisnae lust. It wis direct but. An' the crucial thing wis: Regula kissed me back, long an' slow. Tenderly. Properly. Finally.

18

Ah didnae go tae work the next day. If yir as happy as ah wis that mornin ye cannae jist go tae work as if nowt his happened: matter ae self-respect, that is. So ah skipped work. Didnae even phone in. When the phone then went, mid-mornin, it hid tae be the work, ah reckoned. Ah wis oan the back foot even as ah said ma name, even. Then but, ah listen mair closely an' it's Uli at the ither end.

Ah wis glad ah didnae need tae make up some lie. Uli! Ah dont believe it! Whit a surprise. Ye still alive?

Whit ye up tae, Goalie?

Ahm at hame.

So ah see.

Ah shid be at work actually.

Oh yeah, true – ah didnae think ae that – that ye kid be slavin away. Noo but, noo yir oan the phone, ah assume yir naw at yir work.

Yir a genius, Uli. Joined-up thinkin, eh? Ahm amazed.

Arent ye just? Eh?

Where ur ye?

Ahm at hame an' aw!

Whit – ye done wi the farmers?

Naw, oan holiday!

Whit dis that mean? Ye hivnae jist fucked aff, hiv ye? Ye goin back?

Course ah am. Ahm naw finished yet. It's a longer-term thing wi this farmin family. They're naw the worst in the world, honestly naw. Noo but, ahm on leave till the day eftir themorra.

Great. Take it ah'll be seein ye?

That's how ahm callin, Goalie.

We met at the station. Even if the weather wis cauld an' ugly, Uli wantit a bit ae a walk. Lookin a loat better, he wis. Ahd nearly even say: he looked normal, like a normal person, sorta.

Life oan the farm wis clearly daein him guid. Edi came back tae mind. Edi wis a character fae oor primary school years, a character fae wan ae they readin books. We learnt tae read usin Edi stories. Edi, Mama, Papa, it said, fur example, oan wan page. Or: Edi is in bed. Edi is in the house. Edi is in the garden. Edi is at the table. Edi is quiet. Eat, Edi, eat. Run, Edi, run. Etc, etc. This Edi boy – in oor first readin book, in Primary 1, as ah say – wis a bit lanky, a bit pale. So he wis allowed tae go an visit relatives ae his oan a farm. Tae build his strength up. This gave us weans, in Primary 1, the chance tae learn the names ae aw the animals: Edi is in the barn. Edi sees a pig. Edi sees a calf. Edi sees a chicken. Edi has some soup. Edi is a good boy. Edi is cheerful. Tellin ye: Edi boy wis something else. Hale generations ae us learnt tae read an' write wi this wee sick boy. Magine! If ye unnerstaun Edi, ye'll unnerstaun us better an' aw, mibbe – an' when Edi got back fae the farm, he'd rid cheeks, even.

Ah tell Uli aw that Edi stuff his come back tae me noo ahm seein him again. Ah ask him kin he mind Edi?

Rings a bell, aye. A distant yin. But really only because you're talkin aboot it but. Ahd forgot aw aboot it, nearly.

Tell me, Goalie, how come you nivver forget stuff like that? It's a lang, lang time ago. Jist fuckin forget it aw.

How shid ah? It disnae take up that much space in yir brain. Ah kin mind loads ae stuff. An' sometimes ah kin take bits ae it oot an' use them. It's guid sometimes tae hiv stuff at the back ae yir brain. Tell me somethin else but, Uli. How well dae ye know wee Stofer?

Minute ah say that, Uli his a coughin fit. Ah wait – patiently – till he's done coughin. Ah wait fur an answer. Ah kin see he's lookin ill again, jist aboot.

Wee Stofer?

Aye, wee Stofer.

Hoo well ah know him?

Exactly. Hoo well ye know him.

Ah know him a bit, aye. Same as you. Know him fae the pub, fae hivin a few jars. Smokin heroin. Ivry noo an' then, he actually sellt some. A runner, he wis, smaw fry. Naw wan ae the big boys. Ye know that yirsel. How ye askin?

Is it possible at aw that wee Stofer an' Pesche fae Cobbles an' you an' that French guy ah picked up in Pontarlier – is it possible, ahm wonderin, at aw that yis aw decided tae get thegither tae dae a big deal? Ah mean – admit it yirsel – it's thinkable yis aw once said: enough ae aw this messin aroon wi a few grams here, a few grams there, fuck fifty- an' hunner-franc notes, we want intae the big league.

Uli's lookin at me still.

An' tell me, Uli, is it mibbe possible that – fur some bastarn reason – me daein time wis part ae that plan? Is it possible wan ae yis hid the bright idea ae sacrificin Goalie? Whitivver the point ae that wis.

Tell me, Goalie, hiv ye hid wan too many? Hiv ye been takin pills?

Naw, the opposite in fact. Ma heid's as clear as a tarn.

An' even allowin fur the fact ah kin be a bit fuckin naïve at times, ah dont feel very comfortable wi aw this. Sorry, ahv a loatae thinkin tae dae but, if yis did dae a deal at ma expense. An' there's me thinkin, still thinkin, yis ur aw ma pals, mates even.

At yir expense? Mibbe yiv forgot but ye got 5k fur it!

An' nearly a year in the Joke. Dont forget the Joke, Uli. Five thoo willnae buy a shack doon in Spain. Naw a really smaw yin, even. An' naw in Morocco, even.

Whit d'ye want me tae dae, Goalie?

Nuthin.

So whit ur ye haverin oan aboot?

Ahd jist like tae know how a lousy bunch ae bob-a-jobbers – normally hardly able, hardly, tae push hawf a gram ae sugar – wis suddenly dreamin ae big fuckin business. Whit wid interest me even mair is: hoo come, tae go fur that dream, ye hid tae fuckin sideline a harmless cunt like me? Whose fuckin bright idea wis that? Remind me, Uli: hoo long hiv us two known each ither?

Fur ivver.

Naw, see, that's where yir wrang. Ye dont know me. Naw really. As fur me, ahm jist fuckin gettin tae know you, mate.

Uli took a sharp left, intae the trees. Ah wondered furra minute shid ah take a right an' continue wi'oot him. Ah decided but, ah didnae want tae make it that easy fur the cunt. Ah stayed wi him anither bit.

Whit exactly wis it yis wur up tae? Or ur still up tae – is that it?

Ahv nae idea whit yir oan aboot, Goalie. Yiv taken too many dodgy drugs, obviously. Mibbe you shid sign yirsel intae a farm an' aw.

Ahm takin nuthin, Uli. Ahm takin fuck-aw.

Only you kin know for sure.

How's Marta?

She his nowt tae dae wi this.

That's naw how ahm askin.

She's awright. Faur as it goes. Naw seen her recently?

Ah wis in Spain an' hid a loat oan at work itherwise.

Listen, mate, ah feel a bit sick. Is it awright wi you if we start tae turn back?

Naw a problem at aw, Uli. Ah know, eftir aw, yir the world fuckin champion when it comes tae changin the subject. Or completely avoidin wan.

Wan mair thing, Uli, an' it's important. Ah nivver wance named a name, naw tae the drug squad, naw in court, an' naw any ither place eether. Leak-proof, ah wis. As leak-fuckin-proof as a brand-new oilskin. An' yous knew that. Yis knew an' aw yis kid sacrifice me an' ahd nivver name names. The wan thing ah cannae get intae ma thick fuckin heid but is: how did ah hiv tae be sent tae the slaughter. Yis kidda left me totally ootae it. That widnae hiv changed fuck-aw. Cept ahd've hid ma peace. An' yous, yours.

Uli's tremblin. His face is aw covered in that sickly sweat again. Colour ae cheese, he is. Ah know that masel fae back then. Fae when ah wis still oan them masel. Whit ah dont know is whit's goin oan inside Uli. Ah kin see but he's ashamed. The wey dugs kin be sometimes.

Speak tae Pesche aboot it.

Ah will, Uli, ah will. Ye kin be fuckin sure ae that.

Naw anither word wis spoke till we got tae ma bit. Ah didnae ask did he want tae come up furra drink. Bye, ah said jist. An' that wis it.

The next yin oan ma list wis wee Stofer. Ah looked up his number an' phoned him right away. He wisnae answerin so ah made masel a coffee an' waited, jist. Ah started wonderin where the lanky fuckin cloon kid be, at this time o day. Hawf three in the eftirnoon. He's hivin his first jar, fur sure. Question's jist: where?

Ah employed ye olde probability model. Checked oot the waterin hole first. Bullseye. An' who's he at the table wi? Naw that it surprised me any mair. Hi, Pesche. Hi, wee Stofer, man. Take it yiv a spare seat fur me?

Whit ye wantin? Stofer asks.

Tae join ye. An' ah join them.

Very funny, Pesche gives it.

Jesusfuck, lads, ah cannae always be funny. Naw even Charlie Chaplin always is. Why ahm ah tellin ye that but? Yis dont even know who Charlie fuckin Chaplin fuckin is cos there's naw a lot yis dae know anyhow an' yis only ivver watch they instantly forgettable shite films cars ur aye explodin in. The early Chaplin's worth knowin. Yis shid gi'e it a go some time. Chaplin's the kinda guy a loatae stuff happens tae. In a loatae the stories, it's the kinda shit that happens tae me an' aw, and the wans watchin think it's dead funny even if Charlie's hivin a shite time ae it. Tellin ye, that's summit that happens often: ye laugh maist when summit's actually sad-as-fuck. Disnae matter but, eh. Mibbe that's the way it his tae be, even. It's jist: it shid be possible fur ivrywan tae laugh thegither, insteid ae laughin at each ither. An' the thing ah find maist anti-normal is that ahm the wan – me ae aw folk – that's given the Chaplin role, the role ae the wan that falls oan his face – or gits bitten in the arse by a dug – so ithers hiv summit tae laugh at. Unlike Charlie fuckin Chaplin but, ah didnae fuckin audition.

Get tae the point, Goalie, wid ye? Yir haverin oan. Naw, really. Want tae know hoo normal ye ur? Zero, ya jerk, zero percent normal. So fuckin zip it or go an' annoy some cunt else.

Anither drink, lads? Whit'll we hiv? Hiv they a Spanish rid in here? Seein yis his pit me in the mood furra Spanish rid. Nae idea why that shid be. That's the wey it is but. So lads, who's pickin the tab up? Ahm happy enough tae dae the orderin.

Oot wi it, Goalie. Say whit the fuck it is yir wantin. Or get the hell ootae here!

Didnt ah awready say. Ah fancy a Spanish rid. A Spanish brandy wid be okay as well but. Or Spanish kidneys.

Ahm tellin ye wan last time, Goalie. Get tae the fuckin point. Stop ramblin oan an' fuckin oan.

Ah like tae ramble oan but. Same as some other cunts like tae go oan big adventures. Same as ithers dream ae bein big drugs barons an' shiftin mair an' mair stuff. Me, ah like tae ramble oan.

Pesche grabs me by the collar so hard, ma two top buttons pop aff. He's throttlin me. Ah kin hardly breathe.

Ahv hid enough, Goalie, Pesche says. Noo you listen tae me!

Stofer's jist sittin there, sayin nuthin, starin at the table. He takes a toothpick fae the cruet stand an' starts chewin it. Ah dont try tae defend masel against Pesche. Naw, ah try, best ah kin, tae ensure his grip stays tight.

Aw that's great, Pesche, ah manage tae croak. Yir such a strong fucker. Yir scarin the shit ootae me, Peter boy. Champion wrestler, ma fuckin arse. Go on: squeeze a toty bit harder an' ah'll die ae fuckin fear.

Wid ye – jist fur fuckin wance – shut the fuck up furra minute? Ye haver oan an' oan an' oan an' oan an' hivnae a fuckin clue aboot fuck-aw. If ye'd zip it fur thirty seconds, ah kid tell ye whit happened.

If you'd let go a bit, ah *could* shut ma mooth. Way yir blockin ma air, ah hiv tae keep it open.

Pesche lets go an' starts tae tell me. He talks mair than he tells but. Human nature, probably. Ah dae the same. Talkin's summit ye kin aye dae. Any cunt kin talk. Actually tellin someone summit's a loat harder.

Pesche maintains he didnae initiate the deal. The French painter did. He'd pressurised Uli, wee Stofer an' him himsel. It wis also the French guy who'd hid the idea ae the hoose in Spain. He himself, i.e. the French guy, hid a pub in the region. An' if ahd ended up in jail, ah wis responsible fur that masel. That hid only happened cos ah didnae haun the stuff over the Frenchman left in ma car. If ah hidnae been such an eejit, ahd've got the 5k they promised an' that widda been it. Nae hassle. Nae Gross fae the drug squad. Nae fuck-aw. An' five thoo. Tax free.

Pesche, ye dont even realise whit kinda deep-fried dog-poo yir comin oot wi. Yis come up wi a beautiful deal that, aw in aw, brings in fuck-knows how much dough fur yis, enough anyhoo tae buy a shack in Spain. An' noo yir describin it as if it wis jist a nasty trick, ya dick, that hid unpleasant consequences fur me, an' nane fur yous. You cunts didnae go tae jail but. Yis also earned plenty ae fuckin dough. That's the point, Peter boy: a hoose fur yous, jist pocket money fur me but, an' a year behind bars. Ta very much, Pesche. An' thanks fur the wine, even if it tastes like fuckin vinegar. An' bye.

Tell me whit yir wantin, Goalie. Say whit ye want. Mibbe we kin agree on a figure.

Nuthin. Ah want fuck-aw fae yis. Ahv got ma pride still. Honestly, ah want fuck-aw. Ah want tae go hame.

Watch whit ye say tae folk, Goalie. Ahm warnin ye.

Ah hear whit yir sayin, Mr Onassis.

19

Ah didnae go hame. The evenin hid hardly started so ah stumbled through the fog haphazardly. Wis ah ragin? Oot fur revenge? Naw, nane a that, jist a kinda empty feelin in ma belly an' a cravin fur broon sugar.

At some point, ah passed the cemetery an' summit took me in. Ah stopped at the Bourbaki monument. Poor cunts, ah thought. First, an ugly war against the Germans. Then they flee here. Ur washed up – ae aw places – here where ah stay. They end up dyin here an' aw. Switzerland saved the lives ae the Bourbaki sodjers back then. Ye cannae actually save lives but. Sooner or later, it's bye-bye anyhoo. Nanetheless, fur they yins buried here, it wis a bitter pill tae swallow: hivin tae breathe their last sae faur fae hame. In a village like fuckin this yin an' aw.

How ah aye think the same thing, mair or less, when ahm in a cemetery, ah dont know masel. Ah then went tae ma faither's grave anyhoo. An' ah thought ae Uli's faither while ah wis there. Whereas next-tae-nuthin tae nuthin came intae ma heid aboot ma ain faither.

Eh – hello, Goalie.

Hello, Frau Balsiger. Hello tae you an' aw.

Visitin yir faither's grave?

Aye. His tae be fae time tae time.

Of course. It kin help, it kin. An' how ur ye doin, Goalie?

Fine, ta. Yirsel?

Cant complain.

Excellent. That's whit ah like tae hear.

How's yir mother? Ahv naw seen her furra lang time. Since she stopped comin tae gymnastics, ah hardly see her – if at aw.

She's fine, ta.

An' you yirsel, Goalie. Hiv ye settled back in? Ye wur gone a lang time.

Aye – a year, jist aboot. Ye get back intae yir auld ways soon enough but.

Yir right there.

Exactly.

An' ah hear yir noo workin in the print shop?

That's right.

Oor Marlies used tae work there.

Really?

Aye, a while ago noo but. Tell me summit, Goalie – ah prefer tae ask directly, insteid ae askin aroon: is it true you served a prison sentence?

Summit like that, aye. Naw, yir right. Ivrythin's okay again noo but.

Yeah? Sometimes that's how life goes, an' sometimes naw.

Correct.

Okay, hiv a nice evenin then.

Thanks. You an' aw. Oh – Frau Balsiger, summit's jist come back intae ma heid. Is your Rudi still wi the bank?

Aye, he's authorized tae act noo even.

Where's he stayin these days?

They built a hoose in Thunstetten. Hiv ye heard he's

two weans awready?

Oan the grapevine, aye. Well – cheerio again, Frau Balsiger.

Cheerio, Goalie. An' dont dae nuthin ah widnae.

Ah wont, naw.

Wee Balsiger's maw's actually really nice, ah mean: in comparison tae some folk ah kid name. The fact she asks directly when she wants tae know summit's naw bad eether.

In a phonebox near the cemetery, ah open the telephone directory at the Thunstetten bit an' look fur wee Balsiger's address. Then ah go – through the fog – up tae where he stays. He's in the middle ae his dinner when ah ring the doorbell, says it disnae matter but, jist tae come in. His wife is fae aroon Solothurn. She's wan ae they wimmen who – disnae matter hoo often yir introduced – ye kin nivver mind the name ae, or remember her face, cos there's fuck-aw memorable aboot her. She's friendly enough, says tae sit doon, there's still plenty o risotto. Ah lie but an' say ahv awready eaten. Wee Balsiger says he's done eatin anyhow an' shows me intae the livin room so she kin pit their brats tae bed.

In the livin room, there's a leather sofa an' two matchin armchairs. The bookshelves an' the TV unit ur the same colour. Anthracite. If that actually *is* a colour, that is. It exists only in furniture catalogues, practically, an' garage forecourts. Ah kid swear Balsiger's car's anthracite an' aw. Ah look at the big picture that's hingin above the sofa, a Mediterranean evenin, water colours, beautiful, but a bit random but, like his wife. Wid ah like a coffee, Balsiger asks. Yeah, ah wid, ah say. Then ask is it okay tae smoke.

It wid be better oot oan the terrace. Cos ae the weans, eh?

Course. Nae bother. Ah kin wait.

Whit brings ye tae me, Goalie?

Ahv a bank inquiry.

Is it a mortgage yir lookin fur?

The words ur hardly ootae his mooth, hardly, afore ye kin see he noo realises the question's fuckin stupit. Ah dont answer right away an' he goes tae get the coffee. Bet ye he his a guid coffee machine, ah think tae masel, then ah look tae see whit books he his. Maist ae them ur probably his wife's, a loatae true stories, a loatae life coaches. Ye hiv tae hope, at least, she finds stuff in there that helps her.

Whit dae ye take in yir coffee? Sugar? Cream?

Naw, nuthin. At maist, a guid shot ae schnapps or summit.

Ah kin offer ye a cognac.

Better still.

So Goalie, ye wantit tae ask me summit tae dae wi the bank.

Aye, jist summit theoretical. Whit wid happen – jist assumin, of course – if fae wan day tae the next, ah suddenly hid a loatae-loatae money, hawf a million say, or whitivver. Kid ah jist come tae yous an' give it: Lads, ahv a loatae spandooley, open an account fur us, wid ye, jist dont ask where ah hiv it all fae.

In certain circumstances, that wid be possible, aye. It wid hiv us wonderin but, of course. Me personally, ahd hiv a bad feelin aboot it. Ah wid ask questions, specially if it wis someone who wisnae a customer awready.

Whit ye mean is: if someone awready his quite a loatae dough in his account an' then suddenly his even mair, that's less suspicious than if someone's got fuck-aw an' then suddenly loads?

Fur sure, aye.

An' if that somebody – who awready his a loatae dough an' turns up wi a hale lot mair fae somewhere – suddenly gi'es it he wants tae buy a hoose in Spain, wid ye gi'e him a mortgage?

The minute ah mentioned Spain, wee Balsiger gulped several times. Ah *seen* it. He recovered but an' said quite calmly:

Mibbe. That's very possible. There ur different criteria, ye know, when we gi'e oot mortgages. Capital resources, value ae the property, income, interest rate trends etc. An' if it aw looks okay, the guy gets the mortgage. Why ye askin?

Cos ah dae the fuckin lottery.

Ah now knew whit ah needed tae. So ah tried tae talk tae Balsiger aboot the past a bit. Like pullin fuckin teeth, it wis. It didnae surprise me but. You only hiv tae look at the anthracite theme runnin through his hoose tae know the cunt wants fuck-aw tae dae wi his past. Wee Balsiger hid brushed any memories ae his past intae a corner, same way ye'd pit an auld armchair up in the loft. The past, fur wee Balsiger, is a necessary evil jist. A past, in the guid sense ae the word, disnae exist fur him. So ah tellt him a bit aboot me, tellt him things wur improvin ivry day, ah nae doot hid the worst ae it behind me noo, an' hid learnt summit fae aw that, even if ah still didnae know whit exactly, ahd definately learnt summit. Balsiger wis pleased tae hear it, an' ah think he wis bein genuine when he wished me aw the best.

Ah waited till his wife came back fae pittin the weans tae bed. Then ah said thanks an' cheerio an' left.

Ootside, it wis dork, wet, an' there wis a bit ae wind, aye, wind mair than anythin, the air wis cauld, thon way it goes straight fur yir fuckin lung. Disnae matter, ah thought, jist walk a bit faster an' ye'll warm up. By the time ah rang the doorbell at Gross's hawf an hoor later, ah wis feelin hot, jist aboot.

Sorry, Herr Gross, ye'll hiv tae forgive me fur botherin ye at this time ae night.

Look who it is! Goalie! That's naw bad as surprises go – really.

Guid evenin, Herr Gross. Kin ah come in?

Mon ahead, Goalie, c'mon ahead. Whit brings ye tae me?

Guid evenin, Frau Gross.

Guid evenin, Goalie.

Gross said tae his wife tae git anither glass. He wis jist havin a glass ae rid wine wi her in the kitchen, ye see. It wis a nice thought, that: the hunter, when he's naw oot chasin some petty crook or ither, sits of an evenin wi his wife in their kitchen, drinkin rid wine. Ah said that wis really nice ae him, ah didnae want tae mix ma drinks but, it wid be nice if he'd a wee cognac insteid.

That's whit ah like aboot you, Goalie, ye nivver come oan aw humble.

Know whit ah like aboot you, Herr Gross? Fact ye drink a bottle ae rid wi yir wife in the kitchen. Anywan else yir age an' in your position wid probably be watchin telly noo an' sayin only the bare minimum tae the missus. Naw you but. Naw, yous drink rid wine thegither an' talk tae each ither.

Watchin telly'll get ye naewhere, Goalie.

Exactly. Jist whit ah wis sayin. Guid honest work disnae get ye anywhere eether but. Listen, Herr Gross, fur mair than a month noo, ahv hid a permanent joab. Believe me but, ahv still naw managed tae save anythin.

Ye hiv tae be patient, Goalie. *All things come to him who waits.*

Know whit ah think, boss? Ah think ahv waited a loat awready, faur faur too much in fact – an' faur too little his come tae me.

Whit ye sayin, Goalie?

Ahm sayin: that's me offski. Ahv come tae say goodbye, Herr Gross. Yiv noo wan cunt less tae look oot fur.

Gross fae the Drug Squad looked at me, wide-eyed, while his wife poured a cognac wi'oot sayin nuthin.

First but, ye want tae get things straight, Goalie. Is that where ah come in?

Naw, ahv got things straight awready. Ah noo know who ma friends ur, an' who – mair probably – urnae.

Tell me, Goalie. Tell me yir stories. Ye can tell *me*. An' ahv time.

Ye know me well, Herr Gross, mibbe jist naw well enough. Ahd like tae tell ye a story. Aboot the piece ae business that kid interest ye but, ah'll be tellin ye absolutely nuthin. The wan thing ah kin say is: ah noo – mair or less – hiv a clear overview. An' that's how ahm packin ma bags. There's nuthin tae keep me in this village, cept mibbe Regula. She kin come wi me if she wants but.

Gross wantit tae know whit ahd found oot. Ah tellt him nuthin, nuthin aboot Pesche, nuthin aboot wee Stofer, nuthin aboot Uli, an' nuthin aboot the strange Frenchman who looked like an Arab. Naw: especially aboot they things, ah tellt him sweet fanny adams. When ah rang his doorbell, ah wis still thinkin ah might tell him ivrythin – so the shit wid hit the fan a bit fur they guys, like it did fur me back then. Then but, ah realised: that wisnae whit this wis aw aboot, fur me, any mair. Let they over-the-hill jerks keep their fuckin shack by the sea. They've achieved fuck-aw else so they hiv. An' if Operation Villa went smoothly fur them, it shidnae fuckin fail noo an' cos ae me. It's naw as if they're expected, up at the Joke.

Hiv anither think, Goalie. If ye know summit, it's better tae tell me than try tae pull some stunt – aff yir ain bat.

Ahm naw goney pull any stunt, Herr Gross. Ahm fuckin off jist. Movin. At the end ae the month.

Where tae?

Dont know yet. Naw that faur. Berne, Zurich, Basel – nae idea. A city but, that's fur sure. Somewhere where ahm less famous.

He gave me a tired smile, like someone who means well by ye. Then signalled tae his wife an' she poured me mair cognac.

Wance ah got hame, ah phoned Regula.

Ye sleepin awready?

Naw, whit ur you daein?

Callin you, Regi. Cos ahm missin ye.

Let's take oor time wi this, Goalie. Ahm naw as quick as you, wi things like this. Ahv jist split up fae Buddy.

That's okay, Regi. Take yir time. Take aw the time ye want. You've got time. Ah hivnae but. So ahm leavin.

Whit? Where ye gaun, Goalie?

Ah dont know yet.

Abroad?

Naw. Naw that faur, naw. Tae a city but.

Is that yir latest?

Aye. Ahv jist decided. Ahm goin through wi it but. Ahm naw like the hunchback at Cobbles who's been hangin aroon fur years, tells ye ivry six months but aboot some big foreign project or ither he's aboot tae dae. He's still sittin there, aye at the same wee table, drinkin the same wee beer, an' naw movin a millimetre. Naw, ahm naw the hunchback. Ah say jist the wance ahm goin an' then ah go.

Whit dis that mean fur us?

Nuthin. Ah tellt ye, ahm givin you time. Ah'll naw fall in love wi someone else, ye dont need tae worry aboot that. Yiv as much time as ye want. An' if ye decide tae, ye kin come an' join me.

Know summit, Goalie, ahm findin this idea a bit difficult.

How wis ah supposed tae reply tae that? Ahd the jitters masel, ye cannae be afraid ae summit afore yiv even fuckin started but. So ah tellt her, ivrythin wid be fine. It wid aw be fine. Tae hiv a guid sleep. An' that ah loved her. An' she wis happy wi that.

The next day, a registered letter arrives. Ah fetch it fae the post office in the evenin an' open it tae learn ahv won the car, the wan in the competition ah done in a stupor thon time. Ah wis hardly able tae remember. Ah dae they competitions ivry noo an' then – an' ye end up naw knowin which wan ye done when.

The answer hid been STATUE OF LIBERTY, that's whit brung it back. Ahd been hopin tae win second prize, a trip tae New York. Noo but, it wis first prize: a Ford Fiesta. Naw bad eether, if ye think aboot it. Gets ye ootae the hoose occasionally. Ah take the car as a sign ma winnin streak his noo officially started. That things wi Regula will work oot an' aw. Soon as ahv done aw that needs daein, they'll hiv seen the back ae me here. Aw in aw, a minor loss, jist, tae the local community. Naw, naw, it's true. Losin a cunt like me? They'll get over that wan nae tother a baw.

20

Since ah left the Fog, things hiv went doonhill again. Naw badly, it's still undeniable but. Ah wis nivver someone who imagined a new place wid make a new person ae ye. Ye need tae face the facts but. At the place ah left, nae cunt misses me – an' where ah noo hing oot, nae cunt wis waitin fur me eether. Those ur the realities. Aye.

Jist as ah wis mair or less done daein up the flat in Berne, ah smashed the Ford Fiesta ah won straight intae a tree. Naw faur fae Ittigen. Shit happens. Major shit happens. Ah wis lucky. The damage tae me masel wis less than the damage tae the car. So ahm back tae bein a pedestrian.

Regula's naw in touch any mair, naw this long while. Paco – the guy in charge at the Spanish Club, back in the Fog – said, when ah bumped intae him in Berne, he thought he'd heard her an' Buddy hid made up an' she'd moved back in wi him. Still workin fur Pesche, she wis. Pesche, incidentally, hid re-did Cobbles. He'd went fur modern: anthracite an' that.

How d'ye know aw this, Paco?

Ah wis there, wasnt ah?

Naw, ah mean aw that aboot Regula an' that cunt

Buddy, who his nae sense ae fuckin decency.

Didnt ah know that, in the Fog, ivrywan knows aw there is tae know aboot ivrywan else, says Paco.

Ahm happy tae believe whit ye say aboot Cobbles. Ahd like tae know but how ye know Regula's back wi Buddy.

Vox populi.

Whit dis that mean?

It's Latin fur: voice ae the people.

Vox populi? A bit high-falutin, that. Watch oot, Paco. Folk'll think yir a snob.

Whit tae dae? News like that jist wears me fuckin doon, mair than anythin else. Sad? A bit, aye. The Regula story makes me sad, aye. Like ah say: sad an' tired. Ah close ma eyes briefly an' kin see her before me an' ah think ae oor short trip tae Spain, think ae her beautiful eyes, they Russian ice-skater eyes, think ae the only evenin we kissed an' ahm soon lost in thought. Regula widda been guid fur me, naw: really guid. She's probably thinkin: the ither way roon, it wis diffrint. If a normal woman his tae choose between a drug addict like me an' a violent nutter like Buddy, she hisnae exactly the best ae options, his she?

If ah wis Regula, ahd hiv decided diffrint. Ahd at least hiv gi'en someone like Goalie a go. It kid hiv turned oot well. An' if ah think aboot her movin back in wi that cunt, the beauty she hid at mine back loses its shine a bit.

If ahv naw learnt much in life, ah hiv learnt this: if a woman disnae want ye an' you cannae accept that, yir done fur. Ye hiv tae be able tae lose an' aw. Especially in love.

Ahm lost in thoughts like that when Paco says an' aw that Uli his completed his rehab at the farm an' is noo workin at the Maag print shop insteid ae me. His faither's lookin oot fur him.

Guid tae hear. Let's hope fur the best. Uli his a guid faither an' that's naw tae be sneezed at. He's got Marta an' aw. She dis whit she kin. Credit where credit's due.

An' you, Goalie?

Ahv nae faither an' nae woman in ma life.

Naw, that's naw whit ah mean. Ur ye still in touch wi Uli?

At this minute, aye – through you.

Naw in direct contact but?

Ye know summit, Paco, naw ivrythin in life his tae be direct. Ahv learnt a loat mair on detours than oan any direct route.

Yir dead complicated, Goalie, sometimes.

Disnae matter. There ur enough ithers who arenae. Take Uli, he's hid a complicated life fur years, isnae complicated himself but.

Ah feel sorry fur Uli.

There's nae reason tae, Paco.

Wee Stofer writes me a postcard ivry noo an' then fae Spain. He's normally there noo an' goes fishin ivry day. He cannae write, naw really. It's a sign ae life at least but. Mibbe if ah ivver hiv some money, ah'll take a trip doon tae see him. Ah know the way, eftir aw. Ah kid still be fuckin ragin at wee Stofer, ahm arenae but. There's nowt tae be gained by bein bitter. An' if ye examine things closely, wee Stofer isnae the worst ae them. He's a gangster, aye, who isnae? Of aw the gangsters ah know, anyhoo, he's by far naw the worst.

An' you, Quiper, whit ur you daein?

Me, ahm here an' hivin a drink wi you. Feel free tae pour me mair, by the way.

Naw, says Paco, ah mean joab-wise an' that.

Ahv a joab in a school.

You? In a school?

Ye dont believe me, dae ye? It's true but.

It's true?

Aye, it's true.

Dae ah want tae hear a truth fae him an' aw, Paco goes oan tae ask.

Naw necessarily, ah said, if he absolutely his tae get rid ae a truth but, that's fine an' aw.

Ah look the wey ah used tae before, he went. Like someone daein too many drugs, i.e. ill.

Ah felt sorry, but naw fur masel but, mair fur Paco. Cos ah reckon he wis genuinely worried aboot me.

Ah wisnae lyin. Ah really am workin in a school noo. As a deputy jannie, or assistant gardener, or whitivver ye want tae caw it. Ahd like tae know masel how ah ended up wi this joab. Ah dae whit ah kin but. Ah git oan well wi the teachers. Wi the weans an' aw.

The ither bit's true an' aw. Noo an' then, at weekends, ah dae some drugs. Some smack here. Some smack there. Aye makin sure ah hiv it unner control. Ah hope so, anyhoo. Wi that stuff, ye nivver know. Ahm naw gaggin fur it but. Ah jist take it fur that warm feelin jist. If it starts suckin me in again, ah'll dae summit aboot it.

Aw in aw, ah cannae complain. Or mair like: ah kid complain a hale lot. Specially if ah think aboot the future. Whit's the point but? Yiv got a past fur a reason. True, it wisni aw guid. Least ah kin tell it but whitivver way ah want. An' who knows: mibbe wan day, eftir aw, a guid baw in will faw fur me.

Acknowledgments
In 2004 and 2005, Donal McLaughlin and Pedro Lenz were the first writers to benefit from a literary exchange between the cities of Berne and Glasgow, administered by Peter Schranz (Berne), and David Kinloch, Catherine McInerney and Simon Biggam (Glasgow). Donal McLaughlin also wishes to thank Raphael Urweider for his generous support of his work. *Der Keeper bin ich* (bilgerverlag) – Raphael's standard German version of Pedro's novel – appeared in 2012, but draft versions were exchanged as early as 2010. Extracts from Donal's translation first appeared in *New Swiss Writing 2010* (ed. Martin Zingg, Solothurner Literaturtage 2010) and *12 Swiss Books* (Pro Helvetia 2012). Donal completed this translation during a residency at Ledig House (Art Omi) in upstate New York.

Ramshackle

Elizabeth Reeder

RRP **£8.99**
ISBN **978-0956613-57-8**

Shortlisted for the Scottish First Book of the Year, this is a beautiful and haunting debut about abandonment and self-discovery in the spirit of Daniel Woodrell's *Winter's Bone.*

"Ramshackle deserves a place in the bestseller charts: a novel that deals with the primal fear of abandonment and portrays it through a vividly realised 15 year-old girl we can't help but identify with."
The Herald

Furnace

Wayne Price

RRP **£8.99**
ISBN **978-0956613-58-5**

Long-listed for the Frank O'Connor International Short Story Award and Shortlisted for the Scottish First Book of the Year 2012. Wayne Price combines the fearlessness of Raymond Carver and subtlety of William Trevor with the unflinching vision of Paul Bowles.

"This debut collection of short stories is being hailed as the emergence of a new talent, a claim I'm tempted to take seriously"
The Herald

The Falling Sky

Pippa Goldschmidt

RRP **£8.99**
ISBN **978-1-908754-14-1**

Jeanette is a young, solitary post-doctoral researcher who has dedicated her life to studying astronomy. Struggling to compete in a prestigious university department dominated by egos and incompetents, and caught in a cycle of brief and unsatisfying affairs, she travels to a mountain-top observatory in Chile to focus on her research. There Jeanette stumbles upon evidence that will challenge the fundamentals of the universe, drawing her into conflict with her colleagues and the scientific establishment, but also casting her back to the tragic loss that defined her childhood.

The Hairdresser of Harare

Tendai Huchu

RRP **£8.99**
ISBN **978-0956613-58-5**

Vimbai is the star hairdresser of her salon, the smartest in Harare, Zimbabwe, until the enigmatic Dumisani appears. Losing many of her best customers to this good-looking, smooth-talking young man, Vimbai fears for her job, vital if she's to provide for her young child. But in a remarkable reversal the two becomes allies. Soon they are running their own Harare salon, attracting the wealthiest and most powerful clients in the city. But disaster is near, as Vimbai soon uncovers Dumi's secret, a discovery that will result in brutality and tragedy, testing their relationship to the very limit.

All the Little Guns Went Bang Bang Bang

Neil Mackay

RRP **£8.99**
ISBN **978-1-908754-28-8**

Pearse Furlong and May-Belle Mulholland are two normal eleven year-olds meeting one summer in small town Antrim, Northern Ireland, in the early 1980s. They have little in common except a shared experience of violent, abusive parents. They form an unlikely alliance and as their games and shared fantasies spin out of control their friendship becomes something much darker, with theft, arson, sickening brutality – and eventually murder – all lying ahead.

Four New Words for Love

Michael Cannon

RRP **£8.99**
ISBN **978-1-908754-24-0**

Christopher is a decent, elderly, suburban Londoner learning to live again after his release from a loveless marriage following the death of his wife. By chance he meets Gina, a young homeless women from Glasgow, on Waterloo Bridge. Four New Words for Love is a beautifully crafted portrait of two damaged lives from different ends of the social spectrum who are both seeking release from the mistakes and thwarted potential of the past. Michael Cannon demonstrates a masterful restraint and boundless empathy in his development of two unforgettable characters attempting to change their lives.